被偷走的人生

J'aurais préféré vivre

暢銷改版

法國讀者評為媲美
馬克・李維、紀優・穆索的新銳作家

提耶希・柯恩（Thierry Cohen）——著
林說俐——譯

〈專文推薦〉

寧可選擇性失憶，不願被迫性失憶

水瓶鯨魚（漫畫作家）

這世代有個流行名詞：「選擇性失憶」，通常指某些人常否定自己曾經公開說過的話、表達過的姿態立場和經歷過的慘痛事件。

事實上，關於回憶，每個人都會選擇性失憶，我們總是深深記得風花雪月的浪漫、精彩感動的瞬間、成功攀頂的喜悅……至於痛苦不堪的故事，倘若不是拿來襯托現在的幸福，都寧願牢牢鎖在角落，不願回首。

這是自主性的記憶，如果是被迫性的失憶呢？

閱讀完《被偷走的人生》（*J'aurais préféré vivre*），心情極度奇妙，一個人從二十歲到七十四歲的人生，他只記得九天，其他日子都失憶了，就像一本應該有一萬九千七百一十頁的日記，竟然只有九頁看得見紀錄……感覺每次醒來，都像是一場恐怖的宿醉。

偶爾，和朋友私下分享彼此荒唐的宿醉經驗，我們確實常不記得醉酒中親吻了誰、做了什麼大膽告白；以及用什麼尖酸的字眼辱罵了誰或昏迷嘔吐，當別人第二天描述給自己聽，簡直想挖個地洞跳下去，不敢相信那個人是自己，怎麼會把做過的事忘得一乾二淨？甚至懷疑自己是否做過這件事……

醜陋的事，忘了也好，最好不要想起，太丟臉、也太刺痛了。但，那些美好的事呢？比如，初吻的甜蜜緊張、第一次性愛高潮、第一次加薪的雀躍、中了樂透的狂喜……人生的好檔案和壞檔案，一起當機而被銷毀，怎麼辦？

《被偷走的人生》描繪了一個詭譎又充滿哲學氣味的寓言式故事，男主角說他一共醒來九次，所有的時間都在沉睡。

讓我忍不住思考一個題目：「究竟多數人的人生是沉睡的時間多？還是清醒的時間多呢？」

一個網友回應：「多數的人生是沉睡的，有時雖醒著，若是行屍走肉，等同沉睡，甚至沉淪。」我認同，有些人看起來清醒，其實眼睛並沒有睜開。

「有時失憶，確實也是不錯的逃避方式。」另一個網友說。

「可是，我不希望我的人生過程，都失憶了，太痛苦了。」又一個網友補充。

網友們針對失憶這件事，回應了所有人的心境，我們是如此貪心，總希望丟掉討厭的垃圾，留下美好的裝飾品。但，人從來不是完美動物，也因為不完美、有破綻，才感覺真實可愛。

世界上每一棟預售的樣品屋，家具和擺飾品都布置得美輪美奐，終究只是給渴望買房子的人一種夢幻想像和希望，當真實的人一住進去，就瀰漫自己的氣味了，亂丟的襪子、橫七豎八的鞋子、捨不得丟的雜物、親友送的俗氣貴重碗盤……

當然，情緒煩躁的時候，我偶爾會選擇和朋友痛快喝一場酒，大醉，暫時拋掉這些苦惱；甚至窩在棉被，想著，好希望就這樣沉沉睡去，藉以逃避這些生活瑣碎。

說真的，我們從不曾逃離過自己，沉睡和清醒，只是一線之隔，在我們控制範圍，畢竟多數人，都不希望自己親手寫下的一萬九千七百一十頁的日記，只有九頁看得見內容。

沒有人希望自己珍愛的東西被偷走搶走，何況是人生。

提耶希・柯恩（Thierry COHEN）寫了一個很動人的故事。

曾經傷害過我或我傷害過的戀人們，我還是希望記得他的好，也沒忘記我的不成熟，因為，那些過去相戀、美好、傷感、無奈的畫面，是我人生回憶最豐富的寶藏。

我寧可選擇性失憶，不願被迫性失憶，像書中的傑瑞米那麼可憐。

〈專文推薦〉

失竊後，才真正顯揚其價值所在！

穹風（作家）

當傑瑞米第一次醒來於醫院時，我擔心後面劇情會變得慘不忍睹，那彷彿言情小說裡女主角大夢初醒卻置身唐朝而成為公主的八流劇情可能再現。不過接著往下閱讀後，發現當然事情不是如此。

老人的祈禱文似是具備了神秘讖語的宗教意義，但托於宗教的面相底下或許更嚴肅地觸動了人類對於生命意義的觀點；至少，讓每個讀者知道：只有好好地活著，才有後來一切的可能。對生命本身的敬意並無關乎哪個宗教。

所以傑瑞米每次醒來，無論置身何種處境下，其所針對的其實不是對另一個分身的報復或追根究柢，而是致力於保護心中所掛念的人們，那些無可割捨的親情與愛情。儘管他每回醒來的時間極為短促，甚至置身每況愈下的環境，但要如何在這片刻不能輕忽浪費的時間裡絞盡腦汁探究真相，並對每一個懊悔傷害的人，想出妥善的保護方式，是他唯一能做的一切。

或許失竊之物的珍貴就在於失竊後才真正顯揚其價值所在，也才更教人惕然以珍惜手中的一切，包括生命裡的每個片段。作者寫了一本好書，提醒了一個眾所周知、但卻經常遺忘的道理。

佳評推薦

這本書題材新穎、情節緊湊，讓我兩天內就將它讀完。讀完後，我才真正明瞭何謂「恍如隔世」！

——文化大學法文系副教授　李允安

書中主角傑瑞米的迷惘，完全反映出人對於掌控自身命運的渴望與無助。這不僅僅是一則愛情故事，更是一場追尋生命存在之真諦的旅程！

——版權經紀人　武忠森

故事情節既吸引人又富有創意，還帶有一絲絲的神秘色彩。一本輕薄易讀卻引人深思的小說。

——《Save my brain》雜誌

內容極度離奇，布局精心策劃。

——《ARTRAVEL》雜誌

一本關於生，關於死的小說。

——《VIVA》雜誌

絕對精采！非看到最後一頁不可！驚豔！提耶希．柯恩的文字絕對會讓您不看完全書捨不得入睡。

——《閱讀樂—文學專欄報》（*Lire est un plaisir-Journal d'un chronique littéraire*）

本書是結合理性的架構力、感性的感受力及文體的文字性而成的瑰寶。

——每日一書網站（www.unlivreparjour.com）

一本令人驚豔的書。從第一頁開始，這本書就徹底征服了我，它既撼動人心又懸疑四伏。我深為作者的想像力及文學天分折服。我非常喜愛這本書，從第一頁到最後一頁。結局更是讓我感動得流下淚來。一本絕對值得一讀、絕不讓你失望的好書。

——MAGGUIL，自由評論網站CritiqueLibre.com

一旦打開這本書，什麼都無法阻止你讀完它。這是一本探討人存在的意義、人與周圍的人的關係（特別是愛情與親情）的書。既呈現生命的禮讚！也流露深思後的樂觀豁達。

——Jimmydors，自由評論網站CritiqueLibre.com

不可思議的懸疑小說。我深深沉溺在這本書裡，完全沒辦法闔上它，完全猜不到下一頁會發生什麼事，完全無法預測結局！絕對值得拍成電影！

——Lionelstreet，自由評論網站 CritiqueLibre.com

超精采的小說，超強烈的情感。我眼眶泛淚的看完這本書。深深陷入書中主角的故事及惡夢裡，一秒都不願離開，因為太急於看到情節如何轉變、發展……只好一直翻頁，直到結局。本書含有濃厚的情感，讓人既為書中情感的強度而撼動，又為故事中人物身處的艱難及痛苦處境而不安……書的重點主要在提醒大家生命的價值，同時不要忘記盡力去歡享人生，把握手中的幸福。

——Tankoun，法國亞馬遜書店

簡單一句：太精采了！我整整花了四小時來讀這本書。才讀了第一頁，我就無法停下，一直讀到最後一頁，一直讀到謎底解曉。我會再去找這位作者出版的其他小說，期許他所有的著作都會像這本一樣好看！

——Poulain Catherine，法國亞馬遜書店

獻給我的朋友哈伊班薩伊德，因為我懷念他。

獻給我的父母艾蓮娜與賈克，因為我愛他們。

第一章

二〇〇一年五月八日。

安眠藥、威士忌、大麻。我躺下。我知道自己在做什麼。我只需要想著怎麼做。我只想著我的動作，我只想著我自己。我在這間客廳裡，我想著酒瓶，想著藥。只有我、瓶塞、和藥瓶。張開嘴，把藥放在舌頭上，把酒瓶湊到嘴邊。吞下。我想著這道程序。不想別的。不想爸爸，不想媽媽。尤其不要去想他們。只想著我的屈辱。一個人孤零零的在這裡，我和我的屈辱。我知道自己在做什麼。爸爸和媽媽會了解的。也許吧。我管他們了解不了解！不……不要想了。誰都不要去想。

今天，由我來作主！我不想活了。生命是一種折磨，一種凌辱。我有權做決定。我決定拋棄生命。我才是一切的主導者！

如果我缺乏勇氣，如果我試圖起身、企圖退縮，那我來想她。來想這個明明是我的命，卻把我推開的她。我不想別人，不想那些愛我的人，我只想著不愛我、不願意愛我、甚至不願意試著愛我的她。她絲緞般的肌膚，碧綠的眼睛，她的微笑。她的微笑！她的美，讓所有接近她的人感受到如輕撫般的溫柔，現在卻成了一種痛苦。不，她所有的一切都離我而去，只把我丟在這無底的深淵裡。死亡的毀滅對上生命的空虛，有何差別？

神啊，請轉過頭來看看我。神啊……我為何要對祢傾訴？祢在嗎？祢曾經存在過嗎？祢聽見我的祈禱嗎？來吧，神啊，我們的帳該算算了！慈悲的祢怎能創造了這樣的尤物送到我身邊，卻又讓我得不到她呢？這是為什麼？為了折磨我？那祢贏了！我好苦，苦到不想活了。這下祢高興了吧？我把我的未來還給祢，祢給別人吧。祢只讓我看到深淵，那我就往深淵裡去吧。

我不怕。

我只專注於我的死法。菸還在燒。我更加神志不清了。我為了放下她而拋棄我自己。嘿，我的靈魂飄起來了，在煙霧與酒精中擺盪。安眠藥很快地也會開始作用。這就是我結束一切的方法。汗大量沁出。但我不怕。

再給我幾秒鐘。

我想她。

我決定向她告白。就在今天，為了我二十歲的生日。我要掃除疑慮，弄清楚狀況。我早已有所準備……但我哪需要準備？我早有滿腹的話要對她說。然而她不聽我說、不想明白。我向她提及我們的青梅竹馬，這段愛情的開端。

「但是我們當時才九歲啊，傑瑞米！」她笑著回答。

是十歲。十歲的孩子，已經不算小了。我瘋狂地墜入情網。她對我，卻只有喜歡的程度而已。

對她而言，那只是小孩子玩的簡單遊戲，幾個天真的親吻、一種溫柔的默契、一首優美的旋律。一個褪色的遙遠回憶。

對我而言，那卻是生命的開端。那是夏天來臨前的一道熱呼呼的陽光，夏天來時我們就分開。

「我們變成了朋友。你甚至是我的密友！」

這密友的角色讓我感到絕望，但是這些年來為了待在她身邊，我必須擔任這樣的角色。眼睜睜地看著這些假惺惺的男人在她面前大獻殷勤、耍帥。她是如此的喜歡被取悅，我只好閃遠一點。我試圖忘記她，但我做不到。我一下子痛苦、一下子又重燃希望。我都快窒息了。

該是了結的時候了。在我二十歲生日的這天。就像一張最後通牒，讓等待變得可以忍受。

告訴她我愛她，試圖去說服她。這些愛語就像珍珠一樣，隨著時間越久，在傷口周圍越散發著珠光。

我看到她在顫抖，被我的話感動。

在那短短幾秒鐘內，她屬於我。還是我在做夢？

這時他卻出現了，翻轉了一切。

「我向你介紹雨果，我的未婚夫。」

這幾個字瞬間凍結我的神智。那一直伴隨著我、潛伏在我心腹之間的痛苦，突然驚醒過來，產生前所未有的痛覺。就像最後的一記重擊，力道強勁無比。那是在一切落幕之前，最終的一擊。

她是我的！她是屬於我的，她是我的！

這意念如此強烈，我張口直接喊了出來。

他揍了我，我倒下，真可悲。她攔住他。有種溫柔浮在她的眼裡，她張嘴卻盡是憐憫。

「我愛他。而且我不愛你，傑瑞米。我從來沒有愛過你！我也永遠不會愛上你！我很抱歉。」

這些話是為了平息他的怒氣，也為了扼殺我的愛意。像是直接朝我的心吐口水。

然後他們離開。

一切都靜止了。

我抽完大麻。我躺下來，一手拿著藥，一手握著酒瓶。這是唯一的出路。

神啊，咱們待會兒見！我們等一下來好好算帳！祢欠我一個解釋！我不接受任何藉口。祢早該在這裡為這一切向我道歉。如果上頭是我的地獄，那祢在那裡為我安排了什麼？我得到天庭受審來為我的罪孽負責嗎？祢不接受自殺，祢拋棄自殺者？那我呢？我活著的時候就被祢拋棄了。祢該為我的行為負責！

傑瑞米的腦海中不斷冒出影像，就像即將熄滅的火焰所僅存的餘火：他的父母看著他走。他的母親哭著以手勢向他示意，他的父親冷冷地看著他。然後，一個小女孩出現，鑽到他們中間。他的亡妹又來了。他發出呻吟。他的對手真是可怕！動作必須快一點，快點讓這舊日的痛苦消失，或是把這痛苦轉化成動機。他所有的行動不就是為了使痛苦消逝？

他抓了一把安眠藥放進嘴裡，再灌了一大口威士忌。

一陣寒意滑過他的肌膚。寒得足以澆熄他這二十年的生命之火。他彷彿聽到一個聲音。是維多莉亞的聲音嗎？儘管那對他低語的聲音如此遙遠，卻在他已僵掉的臉上畫出一朵微笑。

「生日快樂，傑瑞米！」

第二章

是光線將他喚醒。一種怡人的溫暖包覆著他。他覺得很舒服。

死前，懷抱著能在彼方找到更美好東西的期望，他最後的念頭是：在死後的另一個世界裡，應該可以得到一個解答。

而現在，一道微光輕輕舔著他的眼皮。

我死了，我的生命歷程結束了。我將前進到另一個世界，探索光明之地，尋找真相。甚至可能有機會找到我人生的意義。

他等了一會兒，等著被吸進這道光裡。然而他卻沒有靠近這道光。

他感覺腹部被人撫摸，這感覺讓他驚訝。然後他感受到身體沉重的重量，還聽到自己的心跳聲。

一個想法嚇到了他：難道他還沒死！

他試圖睜開眼睛，但是一道強光讓他眼花目眩。

視線模糊中，眼前有一形體在動。

他渾身打顫。

眼前那輪廓、形影和顏色漸漸清楚：褐色的頭髮，一張女人的臉。

不可能！我在做夢！死亡讓我神智錯亂！這張臉……太荒謬了！

維多莉亞的下巴枕在兩隻交叉的修長手臂上，正趴在他的肚子上，微笑地看著他。

傑瑞米整個人繼續僵著，被這不可能的景象迷懾住。

「好了，你終於醒了吧？」她溫柔地說。

維多莉亞的臉。維多莉亞的撫摸。還有維多莉亞的聲音。

「懶惰蟲！起床了！」

維多莉亞的手指輕撫著他的胸膛。

她貼著我，她看著我，對我說話……

「你到底醒了沒，不然我要起來囉？」

他試著動一動，非常驚訝地發現他竟能伸手去摸維多莉亞的手。

這是夢，是幻覺，還是虛構？誰在導演這一切？上帝？惡魔？

他又是害怕又是享受。他想大叫，想哭，想笑。

他決定好好享受當下這一刻，屈服於死神獻上的幻覺裡。年輕女子滑過來貼近他。他覺得她的膚觸就像細柔飄逸的絲。這種輕柔的感覺，比在他夢裡還要更加溫柔。當維多莉亞的臉近得離他只有幾公分時，他以近乎貪婪的眼神欣賞著她臉上每一處細節：她碧綠又深邃的眼眸，她長長的睫毛，還有她正靠近他唇邊的雙唇。

他不知做了多少回的夢，夢想要擁抱她的身軀。她溫柔地吻他，而他完全放任自己沉浸在這悅人的妄想裡。

管他此刻是真是假。我要好好體驗！

「喂，你也認真地出點力好嗎？」她抗議說。「不能因為今天是先生你的生日，你就有權利統統交給別人來做喔！」

他的生日？他打了個哆嗦。那是什麼意思？難道死神尊重生命拋出的最後通牒？或是在深淵的深處，時間與虛無相互碰撞並互相融合，為他提供這最後的歡愉。他決定好好享受這一刻，在完成生到死的這趟旅程之前，好好體驗這番極樂。

她緊緊擁著他的身軀，她的肌膚與他融為一體。

傑瑞米不敢動。

「抱緊我啊，討厭鬼！」她不滿地說。

她抬起頭，淘氣地看著他。

「你不要你的禮物嗎？」

她親吻他的唇，傑瑞米嚐到她雙唇的滋味。他覺得自己醉了，擺盪在極為真實的幻覺中。

「我要把燈關掉。」她低聲說。

不要關，不要現在關！黑暗將吞沒我倆，把維多莉亞帶走，並把我帶往旅程的終點！這如此美妙的暫停時刻，就會劃下句點！

燈暗了，但是維多莉亞的身軀依舊貼著他。

「現在你把我抱得太緊了。我動彈不得。」她說，聲音甜美而逗趣。

維多莉亞仍舊在他身邊。

傑瑞米握著她的手。他深怕自己的高潮會是這場夢境的終曲。畢竟很多事情都是這樣結束的。他保持不動，擔心當下他就得離開她，甚至，最終，死去。

維多莉亞把下巴枕在他的胸口上，輕聲說：

「你知道嗎，雖然這有點蠢，但是我還是忍不住回想……一年前，你竟然為了我自殺。」

他嚇得整個人從床上坐起來，想搞清楚維多莉亞的話是什麼意思。

一年前？我的生日？我們還活著嗎？為何我不記得這一年發生了什麼事？

一連串瘋狂的疑問、一大堆有頭沒尾的想法，以及滿腦子荒謬的答案與假設，讓他的理智招架不住。

搞不清楚狀況讓他難以忍受，於是他起身。他緊張地搓揉著脖子，設法做出一個決定。

他聽見維多莉亞一邊淋浴一邊哼唱〈愛之頌〉。（譯註：〈愛之頌〉是法國小雲雀女歌手皮雅芙（Edith Piaf）的歌曲。）

他檢視四周，這是一個明亮的房間，乳白色的色調，雖帶點冷調的現代風格，但藉由幾項擺設讓空間變得很溫馨。他認出其中幾件物品：父母親送他的單人皮沙發、向一位年輕設計師買的紅燈罩檯燈、以及兩個顏色鮮豔的靠墊。

他走向窗邊，拉開厚重的窗簾。一道光線照在床上，照出懸在空中的懸浮微粒。屋外，行人、車輛、噪音構成一個挺平凡的街景。

他再次觀察被日光照亮的房間，看見牆上有一個電子日曆。上面印著他的出生地摩洛哥艾沙維拉的景色，白色與藍色的屋子，陽光普照，樹被風吹得彎曲。他靠近去看螢光燈管顯示的日期：二〇〇二年五月八日。

他於二〇〇一年五月八日自殺。

他跌坐在皮沙發上，驚訝至極，眼睛緊盯著日曆看。

為了不讓自己向越來越加劇的慌亂感低頭，他強迫自己冷靜。他必須仔細思考，設想各種狀況：如果他死了，他或許正身處於某個天堂，享受著每天都是自己生日的日子。否則他就是在地獄，被罰重覆活著同一天、做著同樣的夢。而如果他還活著，那就代表他自殺不成，並且失去記憶……一整年的記憶。

維多莉亞站在浴室門口，穿著白色浴袍，頭髮用浴巾包著，臉色紅潤，面帶微笑。他一生的摯愛就在身邊。

「你杵在日曆前幹嘛？你要確認日期？是你的生日沒錯啦！不然你以為我剛剛為何要主動獻愛啊？那就是送你的禮物！」她開玩笑地說。

她隨後發現傑瑞米表情嚴肅，不由得皺起眉頭。

「你今天怎麼了？幹嘛擺個臭臉？我從早上就覺得你怪怪的。」

他開始動搖，決定問她。

「我……」

這是他醒來後首度開口講話，聽見自己的聲音連他都嚇了一跳。

他突然停住，讓相當堅實的回音迴盪在自己的腦海裡。

「怎麼了？」

她困惑地側著頭。

他能說什麼？如果一切都是幻覺，告訴她自己心裡的慌亂又有何用？

但他不能一直保持沉默及被動。

「我忘記了……」

「你忘記了？忘記什麼啊，寶貝？你的生日？」她開玩笑。

他看起來好嚴肅、好緊張。

「你忘記什麼啊，寶貝？」她繼續問。

「我全忘了。」他結巴地說，維多莉亞的溫柔讓他好開心、好驚訝。「我什麼都不記得。我不認得這間公寓。我不記得昨天、前天，或是前一天、前一個月的事。」

維多莉亞盯著他看了片刻，困惑不已，接著聳聳肩膀。她坐到沙發上，開始用浴巾擦乾頭髮。

「維多莉亞。（他一邊喊她的名字一邊顫抖。）我想我失去記憶了……」

「喔，你夠了！這種玩笑不好笑！」

她繼續頭低低地，用力擦乾她的長髮。

要怎麼告訴她？真有這個必要嗎？畢竟，不管我身處在哪個世界，我的現在和未來（如果我還能擁有）都變得比以前美好，因為她就在我身邊！我又何必為過去擔憂呢？比起永恆，這消失的十二個月又算得了什麼？

然而，傑瑞米知道，若不能找回這十二個月的記憶，他就無法成為完整的自己。所以他決定再試最後一次。

「我真的不太舒服。我頭痛，而且……」

聽到他這麼說，維多莉亞抬起頭來，以體諒的眼神看著他。

「應該是昨天慶生會的緣故。你喝那麼多，難怪會不舒服！」

傑瑞米渾身打顫。

昨天的慶生會？喝太多？我討厭酒精。但喝了就喝了，又有何不可？好吧！我慶祝生日，我喝醉了，剛好醉到忘了一整年的事。

這樣的假設讓人頭痛，但又還說得過去也讓人安心。

這樣一來，我還是活得好好的！等宿醉過了，我的記憶就會恢復！

「發生了什麼事？」上述的想法讓他欣喜地問道。

她現在開始銼指甲。

「還好啊，你不過就是一個人灌掉一瓶酒！你真的記不起來啦？」她以挖苦的語氣問。

「不記得。」

「我想你是不想記起來！你差點搞壞氣氛。你說了低級的笑話，你對克羅蒂作了愛的告白……還差點因為皮耶要你閉嘴而揍了他。」

她講這些話的時候沒有抬頭，嘴角掛著淺淺的微笑。

這些話讓他困惑不已。他怎會那副德性？他的個性害羞，不可能做出那種舉動。短短一年他怎麼可能變那麼多？

「對克羅蒂告白？皮耶？」

「別擔心，他們沒有生氣。他們知道你喝醉就會亂來。我當下雖然很不高興，但因為是你生日，你又喝了酒……」她笑著說下去，「反正，你對克羅蒂做的告白相較於你一年前對我做的可是平淡多了。」

「妳是指我在公園裡的那次告白？可是……我應該對妳……長久以來，我對妳表白過好幾次……」

她露出非常親切的微笑。

「沒錯，你說過甜言蜜語，獻過幾次殷勤。但那都不是真正的告白，不是那種會讓你感動到熱淚盈眶的……」

她突然停住，彷彿正在回味那一刻。

「你把我的心擾得好亂，讓我竟然能夠突然拋棄剛向我求婚的人，轉而投入你的懷抱！」

這段真心話使傑瑞米再難自持。她不只對他透露一段過往，讓他開始明白為何她會出現在他房裡，同時也透露了她為他所做的驚人之舉。

他走過去坐在她旁邊，抓起她的雙手貼在自己的臉頰上。

「妳知道，我還是可以每天跟妳說甜言蜜語啊。」

「你好正經！親愛的，我惹惱了你嗎？」她皺著眉頭問。

「沒有，只是我真的……頭好痛。」

她把手放到他的額頭上。

「真的耶，你看起來怪怪的。你的臉色像死人一樣慘白。」

傑瑞米一聽嚇得抖了一下。

他決定說出來，只有她能幫他。

「我覺得很不舒服。我完全不記得昨天的事……也不記得去年的事。完全一片空白。」

他起身在房間裡踱步，陷入一陣迷亂。

「我知道這聽起來很不可思議，但是我……我失憶了。這種失憶太奇怪了，因為我只忘記去年的事！」他繼續說，「我記得前二十年的事情。我甚至記得幾分鐘前……我試圖……」

維多莉亞僵在那裡看著傑瑞米，憂心忡忡。

「你說真的？」

「我很認真。」

維多莉亞面色凝重。

「難道是酒精作祟？」她說，半信半疑地。

「有可能。」

他們默默地相互凝視了好幾秒鐘。

「我知道了！是因為撞到！」維多莉亞大叫。「昨天，我試著扶你上床睡覺，但是你不勝酒力跌倒了！頭撞到了床柱。你跟我說你沒事，但是你的腦袋腫了一個大包。後來你睡著了，我以為不要緊。但看來這一撞還滿嚴重的。早知道我應該送你去醫院的！」

傑瑞米聽了這解釋安心多了。他伸手進頭髮裡摸摸看，果真在右邊腦袋上摸到一個凸起的包。他立刻感到心頭的重擔減輕了。原來是撞到頭啊……總之，這個具體事實稍能解釋目前的情況。

她像扶老人般地攙扶著他，讓他小心地在床邊坐下。看到她慌亂、擔憂的模樣，他確信自己還活著。他活著但是病了。維多莉亞就在他身邊，愛著他。

傑瑞米從恐懼中解脫，高興得想要大叫。

「你到底記得什麼？」維多莉亞問。

「什麼都不記得。」

「那我們第一次做愛呢？」她假裝淘氣地說。

「對我而言，那是幾分鐘前的事。」

她瞪大眼睛。

「那這間公寓呢？」她接著問。

「我正在慢慢認識中。」

「這實在太誇張了！」

她改用比較溫柔的語氣，像對一個病人說話般對他說：

「你努力想想。你記得你在那件事情後在醫院醒來的情況嗎？還有你在我家恢復的情景？」

「不記得。我只記得我自殺，還有妳與我今天早上相處的情形。這兩者中間的事都不記得了。」

「太不可思議了！那你的意思是你才剛認出我？你才剛知道我們是……」

「對。」

「太扯了！」她大喊。

她深呼吸後起身，一副下定決心的樣子。

「好，不要擔心。這種失憶只是暫時的。」

「暫時且選擇性的？」

「我們哪懂得什麼叫失憶？」她邊說邊走向電話。「我打電話給皮耶，請他陪我們去醫院。找你最好的朋友作伴應該對你比較好。」

他們站在他的床邊。傑瑞米之前見過皮耶。他是維多莉亞高中時期朋友圈的人。傑瑞米認識她所有的男性友人，並依據危險性加以分類。那些長得比較帥、比較有魅力的男生，他都很討厭。還有些是外表長得不特別好看、但個性卻能構成威脅的；維多莉亞是非常感性的人，很容易被別人強勢、獨特的性格征服。剩下的一些則是因為幽默、親切的個性而獲得青睞，進入她的生活圈。皮耶介於第二與第三類之間，是那種有點像伍迪艾倫的人：一個和善、出色，眼神聰穎，頭髮稀疏，面貌普通的傢伙。傑瑞米回想起他陪他的維多莉亞出門時的樣子，身形瘦弱又有點駝背。她有時還會牽他的手！他忌妒他，同時也感謝他以不帶男女之情的方式（他希望他對她不感興趣）照顧她。

傑瑞米思忖皮耶是何時以及如何變成他的朋友。皮耶的出現嚇了他一跳，而他對他的關切與擔憂也讓他感到困窘。

皮耶傾身靠近傑瑞米。

「老兄，我知道你不想提起這些，但這回可不得不談啊。」

維多莉亞咬著唇，憂心地看著他。

「你記得這家醫院嗎？一年前，維多莉亞載你過來。你的狀況糟得不得了。一瓶威士忌加上不少安眠藥……你陷入昏迷中。」

「我再告訴你一次，我不記得。」傑瑞米惱火地說。

「媽的，」皮耶低聲罵道。「好，那你的最後記憶是？」

「威士忌、大麻、安眠藥、我的客廳……」

「在那之前呢？你記得你自殺之前的人生嗎？」

「全都記得。」

「在那之後的都不記得？」

「都不記得。我跟你講過十次了。」

「對不起。我把你惹煩了。」皮耶嘆口氣說。

他在床邊坐下。

「我們樂觀點，檢查結果沒有什麼好憂心的！醫生應該不會想冒什麼風險。他提到『極可能的心理因素』。你的自殺應該是整起事件的主因。我以為你已經走出陰影了，你從來不談這件事。」

「對啊，」維多莉亞說，「但那正是因為這件事在過去曾經是個問題。」

「讓人驚訝的是，你的失憶是選擇性的。」

皮耶暫停一下。

「所以……你並不認識我囉！」他繼續說。

「我見過你，在高中的時候。」

「見過！」他重複說。「我是你最要好的朋友耶！你在醫院休養的時候，是我守護著你。你每次喝醉，都是我帶你回家……你卻……只見過我！」

「我很抱歉……」

皮耶的在場惹得傑瑞米不快，而他的問題、他的關心更使他惱火。他現在只希望與維多莉亞獨處、交談、擁抱。

「皮耶，你可以讓我們獨處嗎？」傑瑞米用冷淡的語氣問道。

皮耶驚訝地抬起頭來。

「好吧。」他邊說邊企圖隱藏他的不快。

然後他對維多莉亞說：

「一有狀況就打電話給我。不要不給我消息。」

他的最後一句話感動了傑瑞米。他向他伸出手，皮耶握住，彎腰在他臉頰上親了一下道別。

「你還正常的時候，我們都行吻頰禮。」

傑瑞米對這等親密的舉動感到不舒服，加重了握手的力道。

皮耶走了之後，維多莉亞在傑瑞米旁邊坐下，撫摸他的臉。他再度被幸福的感覺淹沒。

「這位先生，所以你不記得我囉？」

「那我得忘記我人生的前二十年才行。話說回來，我完全不記得我們在一起的情況。現在看到妳在這裡，就在我身邊，這實在是……太超現實了。也許妳跟我說說看這一年發生的事情，我會想起來也不一定？」

「要我跟你說**我們**倆不久前發生的事情，我感覺有些瘋狂。好吧，我要開始說了。」

她在他身邊躺下，抓著他的手，眼睛盯著天花板。

「如果你想起什麼事就打斷我。」她低聲說。「一切就從我跟雨果吵架開始，他是我的……未婚夫。因為你向我表白說愛我，你被他打倒在地，他則是暴怒不已；他大聲咆哮、辱罵你、恥笑你，我開始替你辯護，我憎惡他的暴力。氣氛變得越來越僵，他越罵越大聲，開始胡言亂語。他甚至指控我挑逗過你。你知道，他非常衝動。我向來很怕他陰晴不定的突發脾氣。但是我還是告訴他你的告白讓我非常感動。」

她笑了。

「他氣炸了，破口罵出一堆髒話。這時候，我才明白我永遠不可能跟這樣……粗野的人過一輩子。我不是真的愛他。他是長得蠻帥的，是女生會喜歡的型。我很愚蠢地以為被他選上是件驕傲的事。當時的我很笨的……」

她的語調緩了下來，似乎是為了掩飾羞愧。

「我拋下雨果自己回家。我重新思考一切。我想著你，想著你說話時顫抖的雙唇。我想著你說的話，想著你如此堅定的愛。我想起我們童年的遊戲。你真的不是我喜歡的那一型男生。你是我青梅竹馬的小情人、是我的好友。我知道你迷戀我，我也享受被你喜歡的感覺。我向來喜歡肌肉型的傢伙、那種運動健將型的，就算他們無法對我說出溫柔的情話。可是當我聽到你那麼美的告白……你的愛戀，你的感性……我突然有種開竅的感覺！我不知為何當下一定要見到你。現在看來，我覺得那或許是一種預感。我知道你住哪裡。我常常看到你在陽台上窺視我。你的門沒鎖。我喊你，你沒有回應我，我就逕自進了客廳。我看到你躺在沙發上，旁邊有一瓶威士忌，還有藥片……我馬上就明白是怎麼回事。我打電話叫救護車。」

她停下來，被歷歷在目的影像弄得侷促不安。

傑瑞米握緊她的手。

他覺得自己幸福得要命。由她向他講述他們的故事，用具體事證證明他活著，並置身於一段絕美無比的愛情故事中。

「救護車到的時候，你已經處於臨床上判定死亡的狀態。你慘白無比，非常俊美。你的表情流露著一種決心。我嚇得不知所措。我不停地哭。我呼喚你。我哭喊著『我愛你』，希望你在另一個世界能夠聽到。我自認為不信神，卻懇求上帝讓你起死回生！我想祈求一定是生效了，因為醫生讓你恢復了心跳。但是你卻一直昏迷到晚上。你醒來時我陪在旁邊，還有皮耶。他看到我對你這麼關切、體貼，感到非常訝異。我無法向他解釋我所有的動機，只能歸咎於我該為你的自殺行為負責，但我知道我的動機不僅如此。等你醒過來時，你花了一點時間才搞清楚是怎麼回事。可是你拒絕說明你為何那樣做。你甚至將近一整個星期都不發一語。我天天去看你，皮耶也是。有一天，在醫院裡，我吻了你。你記得我們的初吻嗎？」

她輕柔地問。

「不記得……我……」

我怎麼會忘記這一吻？我是多麼想要這個吻。

「我實在很難想像你都不記得了。」維多莉亞悲傷地說。

傑瑞米責怪自己讓她傷心，試圖轉移焦點。

「跟我講講那一吻。我是多麼企盼那一吻！」

她又笑了。

「你休養期間我們談了很多。主要都是我在講話，你一直沉默。我覺得你似乎不太認得我，或者你是在怪我。」

「妳的意思是？」

她輕撫他的臉頰。

「真有趣，我們從來沒有這麼開誠布公地談當時的情景，倒是現在因為你的狀況，我覺得有必要統統告訴你。怎麼說呢……你當時對我很冷淡，幾乎可以說是冷漠！彷彿你的愛情已經逝去，同時，有一部分的你也蒸發了。我將這種情況視為一種挑戰，我開始引誘你。我要你再度愛上我。你抵擋不了我迷死人的魅力！」

他們倆都笑了。

「有一天，我要你再跟我重新告白一次，你說了很多甜言蜜語。雖然沒有像在公園那次那樣美，但是還是……我們就在醫院裡相吻。我們甚至在你的病房裡做愛，我記得是六十六號房。那是你首次提到醫院！」

奇怪的是，傑瑞米竟然忌妒起維多莉亞曾經親吻過、一起共度過美好時刻的另一個他。

「然後呢？」他問。

「等你差不多可以出院，我想盡辦法讓你搬來跟我一起住。事實上，是醫生們說最好不要讓你獨處，所以我向他們提議由我來照顧你！」

她臉紅，淘氣地轉過去看他。他對她笑。

「一個月後，你決定放棄你的公寓，搬過來跟我一起住。你好興奮喔！你才剛找到工作……」

「什麼工作？」

「你完全沒有印象？」

「我是平面藝術系的學生……素描家？美術設計者？」

「不！你從來不想重拾畫筆，你從商。」

「什麼？」

傑瑞米幾乎叫出聲來。

「對，你甚至相當優秀！你前途無限，深受主管們賞識。你販售工業用黏膠。」

「從商？但這不合乎我的興趣啊！我向來沒辦法談錢！」

「要相信是愛改變了你，親愛的，因為你甚至即將升遷。才短短幾個月就被拔擢，這在你的企業裡算是相當了不起的紀錄。」

「太瘋狂了……」

傑瑞米被這項新發現弄得驚慌失措。

「從商！這不可能啊！我這麼保守的人！我想從事美術設計。我對這一行有熱情又有天賦！」

「我想還是不要繼續講下去比較好。你全身冒汗，看起來又很累。」

「我要知道……」

她打斷他，憂心忡忡。

「停！我不要再告訴你了！你受到太多驚嚇了。以你現在的情況來看，這十分不妥。」

他想抗議，但是她把唇印上他的，兩人長吻許久。然後她抽出身站了起來。他仍緊握著她的手。他還有好多問題想問，尤其想聽她講講自己的父母。他們如何看待他的自殺？他們怪不怪他？

「我讓你休息，不早了。醫護人員不准我今晚留下來陪你過夜。我畢竟不是你太太！」

「妳就快要是我太太了。」他以虛弱的聲音回應。

「噓……我夢想的是一個比較浪漫的求婚，在一個比較……迷人的地方。不要因為我們第一次做愛是在醫院病房，我們就得在這裡度過所有的重要時刻！」

她笑了，彎腰親了親他。

「我明天早上再過來，希望你過了一夜就好了。」她低聲說。

她離開病房後，他發覺房間變暗了。一股寒意朝他襲來，然而他卻在流汗。他想坐起來，卻發現自己已經無法控制四肢。他的呼吸變得越來越困難。

應該是焦慮作祟吧。他心想。他試圖重振精神，但是徒勞無功。維多莉亞向他描述的場景在眼前重現，他嘴裡彷彿還殘留威士忌的味道。汗珠一滴滴滑過臉頰。他想呼救，喉嚨卻發不出任何聲音；他搜尋求救鈴，但是找不到。他的視線模糊。他奮力睜開眼睛，深怕一閉上就再也張不開了。他抗拒死亡的念頭。不是現在！現在他有了活下去的理由，他不要死！

他聽見一個奇怪的聲音，低沉而陰鬱，從他病床的左邊傳出。他轉過去看，他的身旁多了一個老人。他留著花白的鬍子，身穿深色西裝。他的眼睛閉著，身體不斷地搖晃。他吟著猶太祈禱文，那是猶太人表現信仰虔誠的葬禮哀禱，為死者讚揚美好生命的死亡祝禱。「願祢的國降臨，願祢的旨意行在地上，如同行在天上……」

老人的肢體歪扭，每一個字都說得很堅決，彷彿正試圖說服一股隱形的力量。他的聲音像一聲聲痛苦的呻吟。傑瑞米恐懼地看著他。他想起自己的父母，很希望他們在身邊。他又變回那個被噩夢嚇壞的小男孩。他妹妹過世後他常常在夜裡做噩夢。他們到哪裡去了？也許正為他的自殺痛不欲生？他們是多麼愛他啊！他怎能如此傷害他們？他大喊：「媽媽！」但只有一聲低沉的嚎叫滑出他哽咽的喉嚨。

老人結束禱告，朝他走來。老人非常悲痛地看著他。他的臉靠得好近，傑瑞米忍不住看著他哀傷的眼睛。他的皮膚有多處深刻的皺紋，但是又細緻得如一張紙。他的嘴巴扭曲，擠出一些他聽不懂的字。然後老人再彎腰靠近，傑瑞米聽到他說：

「不可以！」他的話有如控訴。「不可以！活下去，活下去，活下去。」

他不斷重複，越說越大聲，邊說邊開始哭，聲音讓人聽了心碎。

「活下去，活下去，**活下去……**」

傑瑞米看著一滴眼淚流下，從老人的臉頰滾落至他的手心，落下之處燙著了他。

這灼痛的感覺是他最後的知覺。

第三章

傑瑞米應該是睡了許久。包裹在懶洋洋的睡意中，他覺得非常舒服。很快地，他恢復前一夜的記憶：他努力掙扎著要呼吸、要移動身軀；還有那不知從何方冒出來的老人，以及他說的話和掉的淚。他覺得依舊可以感受到手上的灼熱痛楚。

他聽見一聲隱約的嗚咽。恐懼感刺激他的意識，他於是睜開眼睛尋找老人。他突然坐起身，幾道閃光穿過他昏沉的意識。

他已經不在醫院，而是在他上次醒來的房間裡。

嗚咽聲停了。

他仔細端看身體，試圖了解自己如何跑到這張床上，然後整個人愣住。在他左手無名指上，一只金戒指反射著早晨的陽光。

這是什麼？維多莉亞呢？

他以微弱的聲音喊她。這時嗚咽聲又出現了。

他再次更大聲的呼喊。在那一秒鐘內，出現了一種完美的寂靜。然後從他右邊，離他很近的地方，冒出一聲尖叫，讓他嚇一大跳。距離床鋪幾公分處，在一個柳條編織的籃子裡，一個嬰兒用盡全身的力氣大聲哭喊。嬰兒滿臉通紅，上氣不接下氣地大聲哭叫，利用打嗝喘了口氣，然後繼續更大聲地啼哭。嚇呆的傑瑞米覺得自己既是這一幕的演員、又是觀眾。

這嬰兒打哪裡冒出來的？

一陣鈴聲打斷了嬰兒規律的哭聲。他試圖尋找電話的位置，一邊盯著嬰兒換氣。等他找到電話，鈴聲早已響了四、五次。

「傑瑞米？（是維多莉亞的聲音）你到底在搞什麼啊？他怎麼在哭？現在還不到他睡醒的時間啊！」

「我不知道，」傑瑞米含糊不清地說，「妳在哪裡？」

「什麼？」

「妳在哪裡？」

他幾乎得大叫好讓她聽見，嬰兒越哭越大聲。

「你不要這麼大聲，你嚇到他了！」維多莉亞抗議。「我在健身房，剛上完課。喔，我的天啊，得讓這個小野獸安靜下來！把話筒放到他耳邊。」

傑瑞米不明就裡地照做。他聽不到維多莉亞在電話中說的話，但是嬰兒平靜下來，他的眼睛似乎在找尋聲音的來源。他終於不哭了，身體因為打嗝的緣故還在抽動。漸漸地，他的臉色也由漲紅轉為平靜。

傑瑞米重拾起話筒。

「好了！」維多莉亞很滿意地說，是媽媽的聲音讓寶寶安靜下來。「如果他又哭，把他抱起來。我十分鐘後到家。生日快樂，親愛的。」

傑瑞米覺得自己快瘋了。她掛了電話，他則呆呆地站在那裡，雙腿僵硬，眼睛盯著話筒。

同樣的噩夢。我在生日當天醒來，又對一部分的人生失憶。這一回我結婚了，還有個小孩。這是惡作劇吧！

嬰兒又開始哭叫，喚回了他的思緒。哭喊聲惹惱了他，讓他無法好好思考這又一次的人生大地震是怎麼一回事。他猶豫著要不要把嬰兒抱起來。

「我要拿這個小孩怎麼辦啊我！」他大聲抱怨。

他馬上就後悔自己講話那麼衝。

「但我連怎麼抱小孩都不知道。」

他抱起孩子，嬰兒的小頭突然往後倒。他想起以前聽過的建議，把一隻手放在嬰兒的脖子下方托住頭。他讓孩子靠在肩膀上，從掌心感覺小身軀每次哭叫時就全身緊繃僵直。他在床鋪與浴室之間的幾公尺空間內，猶豫地來回踱步。寶寶靜下來了。傑瑞米想起電子日曆，走向房間的牆邊。摩洛哥艾沙維拉的照片換成從里昂紅十字山丘俯瞰的景色。他幼時曾在那邊住過幾年，在他父母離開摩洛哥後。日期同樣是五月八日，但是年分變成二〇〇四年。

兩年了！從我入院那天，至今已經過了兩年了！我有兩年的時間沒有記憶！兩年的新人生就這麼蒸發了！

眼淚沿著他的臉頰滑落，靜靜地不停湧出，彷彿是要消散他肚子裡的一股悶氣。這時，有支鑰匙在門鎖裡轉動。維多莉亞回來了。她變了。她的頭髮更短了，剪了一頭齊平的髮型，樣貌也變了。傑瑞米覺得她像一朵盛開的花，比以前圓潤，更有女人味，也變得更美。

她高興地說聲：「哈囉，我的寶貝們！」傑瑞米轉過身，在寶寶的長袖內衣上擦眼淚。

維多莉亞走過來親吻寶寶的前額。

「你怎麼啦？你好像哭了是吧！」

他應該說出他的困境嗎？他覺得最好是等等，先弄清楚是怎麼回事。

他擠出淺淺的微笑。

「不是我在哭，是……小的在哭。他的眼淚弄溼我的臉。」

她輕輕地撇嘴表示驚訝。她轉過去看寶寶後整個表情都變了。

「小寶貝，你在找媽媽是嗎？」

她把嬰兒接過去，溫柔地抱在懷裡。

「你是這樣跟爸爸說生日快樂的嗎？」

她轉向傑瑞米，湊過去吻他。

「生日快樂，我的愛。」

她接著轉過頭哄兒子。

傑瑞米很感動。維多莉亞、他的太太，是個好美的母親。他倆有個孩子——一個兒子。他不再是為愛狂亂的青少年，而是一個爸爸、一個丈夫。他很難理解現在的處境，但是他挺喜歡這個新的現況。

如果我病了，我會好起來的。他如此說服自己。

「爸爸會餵你喝奶。我呢，要來準備客人的午餐。」她決定把寶寶給他抱，並把奶瓶遞給他。這小生命的脆弱讓他驚慌失措。他是那麼輕、那麼軟弱無助。抱著這小身體的感覺很好。他把奶嘴湊近小嘴。

「你真是笨拙啊，傑瑞米！」她一邊說一邊調整他的姿勢。「把奶瓶傾斜一點，往下倒一點，不然他會窒息。你怎麼好像是第一次餵奶呢！」

「你不覺得他越來越像你嗎？」她走回廚房前又加了一句。

傑瑞米看著寶寶大口大口地吸著奶。他的眼睛清澈，面容清秀，鼻子細緻。他長得比較像維多莉亞。

有兒子這件事讓他的心裡好亂。他覺得自己還好年輕。幾天前，他還是人家的兒子……。

他想起自己的父母。他好久……沒有看到他們了。

維多莉亞從廚房打斷他的思緒。

「他喝完沒？」

是的，寶寶喝完奶，滿足地打起盹來。

沒聽到傑瑞米回答，維多莉亞出現在客廳入口。

「把孩子給我，我抱他去睡覺。」

她在他的前額吻了好幾下，然後把他放進搖籃。

「我回廚房去了。你要來幫我嗎？」

他好奇地跟在她後面。

「等你喝了咖啡，幫我揀菜。我只需要做前菜。其他的我都買好現成的了。」

「好，沒問題。」他回答。

這一幕簡單的居家場景讓他心情紛亂。他開始體會到一種日常生活平淡的滿足感，在這平凡的生活中，他有家庭，有該扮演的角色，有妻子，還有一個孩子。他很高興身處在廚房裡，處於親暱的居家生活中，聞著烹煮食物與咖啡的香味。他出神地注視著桌上的蔬菜、冒著熱煙的咖啡杯、切開的麵包、打開的奶油盒。他突然覺得好餓。一種巨大的空虛感、一種不舒服、焦躁不安的感覺從肚子冒出來，並蔓延到全身，引起他一陣陣的發熱及微顫。他記得年輕時也曾有過這種感覺。一種失衡、失控中又參雜著快感的感覺。他知道吃了營養、熱騰騰又有糖分的食物後，焦躁會被滿足取代。

他拿起麵包，切開，抹了很多奶油，貪婪地吃了起來。接著大口喝下加了糖的熱咖啡，享受食物吞下喉嚨的滿足感。

維多莉亞笑了。

「你這麼餓啊？你好像很久沒有吃東西的樣子……」

兩年。他想如此回答，但是他忍住不說，再咬一口滿是奶油的麵包。

他終於不餓了，決定開始問話。

「中午誰要來？」

「你已經忘記了？」

他感到很困窘。

她是在暗指我的失憶症嗎？我很常忘東忘西嗎？

「是皮耶和克羅蒂要來吃午飯。當然還有你的老闆會來喝咖啡，因為這位**先生**要打高爾夫球，所以他打完球才會來。你堅持要請他，反正是你的生日……那今晚，我們來頓情人晚餐你覺得怎樣？」

「好……當然好……好主意。」傑瑞米含糊地說。

「我本來想去餐廳吃，但是我還不放心把湯瑪託付給不認識的褓姆。我們還有別的機會可以慶祝，還是先當負責任的父母吧！」她開玩笑地說。

他趁機問出困擾他的問題。

「那我的爸媽，他們沒有受邀嗎？」

她整個人僵住，驚訝地看著他。

「你在開玩笑嗎？」

她的反應讓他嚇呆了。生日時見見父母有啥好驚訝的？他剛想到他們，很想見見他們。他把咖啡杯湊近嘴唇，給自己一點時間思考。他的第一個念頭是維多莉亞與他們不合。第二個念頭則讓他整個人僵住。難道他們已經……？

維多莉亞一直盯著他看，等他回答。

「為什麼我不邀請他們？」他回答，一邊擔心維多莉亞給的答案。

「為什麼？」她驚訝地重複。「你已經三年不跟他們講話，今天卻突然訝異怎麼沒請他們？」

他鬆了一口氣。他們還在世！但是他只稍稍輕鬆了片刻，因為維多莉亞的話引爆另一波痛苦的回音。

我們彼此有過不快？三年了？不可能啊！我們從來不吵架的！

他們這一家一向和樂，不吵不鬧。他們是相親相愛、同甘共苦的一家人。

傑瑞米出生兩個月後，他的父母買了一間酒吧。那是他們住的那一區裡的一間小酒館，生意很忙。母親每天工作到他放學，父親則被酒吧生意纏身常常不在；即使他晚上疲憊地回到家，也只是倒在電視機前，試圖忘記隔天也要過著同樣的日子，日復一日。傑瑞米很想多跟他聊聊，坐在他的膝上，但這不是他爸爸會鼓勵的行為。他們在家很少交談，寧可用眼神和微笑做簡單的交流。在這片寂靜當中，傑瑞米有時會以為自己聽到了妹妹的呼吸聲。她是存在的，隱藏在他們生活的陰影中。她名叫安娜，比他小一歲。當他媽媽發現她在床上一動也不動時，她才四個月大，而傑瑞米在她旁邊哭。她只離開孩子幾分鐘去買東西。醫生說這是「嬰兒猝死」，給了這無法解釋的神祕事件一個名詞。此後，傑瑞米只跟他媽媽談過此事一次。他當時八歲。老師對他的行為感到不知所措，因為這孩子太冷靜、沉默了，所以她建議德雷格太太帶她兒子去看心理醫生。也就是在看過醫生後，她淚眼婆娑地向他提及當時的場景。「我不記得了，媽媽。」他當時低聲說。當他嚇呆的母親要他說清楚時，他不知該如何作答。他只知道妹妹死了，就這樣。

「那不是你的錯。你在場，你看到事情經過，就這樣而已。」她急忙解釋。

有時，他反而覺得在母親的溫柔與父親的緘默中，洩露出責怪的影子。不過他們對他的愛平息了他的恐懼。可以確定的是：妹妹的消逝，那種說不出的痛苦，以及他母親每年在妹妹忌日時流下的眼淚，構成了他們之間愛的基石。

那麼今日他怎麼能拒絕跟他們講話？想到這點他就難以忍受。

「我要見他們！」

維多莉亞驚訝地盯著他看。

「你從來不願意去看他們，連電話都不想回，你不想讓他們看湯瑪，但今天早上你一醒來，就說你要請他們來幫你慶生？」

維多莉亞簡明扼要的描述讓他感到恐懼。他才剛說服自己，以為從虛無走了一趟歸來，回到真實的人生當中，現在他又開始起疑了。

「我要怎麼解釋呢……我真的想見他們。妳會因此而不高興嗎？」他結結巴巴地說。

維多莉亞冷笑。

「你不要角色顛倒！我一直希望與他們維持正常的關係，是你聽不進去。雖然我試過好幾次想說服你，我試著跟你談這件事，還為此寫信給你……」

傑瑞米打斷她，不想吵架。

「妳說得對。」他含糊地說。「他們是我的父母，我這樣做是不對的……所以我想見他們。」

「你今天真的很奇怪。但是這樣很好！好，我馬上打電話給他們……以免你改變主意！」她邊說邊走出去。

他留在廚房，聽她講電話。

他覺得很糟糕。他怎麼可以將近三年都不跟父母講話？難道他自殺還不夠讓他們痛苦嗎？真是不知感恩啊！那天他只想到自己。他以為生命是屬於他一個人的，以為他是冰冷宇宙裡一顆迷失的行星。然而當他因藥物作用產生幻覺時，他看到他的父母出現，責罵他的行為可恥，但他卻將他們逐出腦海，為的是不要退縮。

截至目前為止，他一直以寬待的角度看待自己企圖自殺一事。自殺不是剛好替他贏得維多莉亞的心嗎？他一直懦弱地不做評斷，怕意識到自己的行為有多可怕。是的，他自私、愚蠢又惡毒。

他的思緒攪盪得厲害，唯有進行中的電話交談聲讓他免於失控。

維多莉亞走進來。

「好了，你媽比我還訝異！我想她哭了。她會過來吃午餐。你要向克羅蒂與皮耶介紹你媽，他們並不認識她。」

「她？那我爸呢？」

維多莉亞噘嘴。

「她說他一時無法接受。她會試著說服他，但是不太有信心。」

維多莉亞出去買點東西。寶寶在睡覺。傑瑞米決定趁機在公寓裡四處搜尋自己過去的形跡。

他打開床對面的白色大型衣櫥，裡面掛了很多西裝、領帶和襯衫，全部都是名牌服飾。門口的一張椅子上擺了一個背包，上面有他的名字縮寫 J.D.。他在裡面找到一本行事曆、幾份文件、一張停車卡和幾張收據。在行事曆裡，當週的事項包括主管會議、部門會議、提案會議、在巴黎與市郊附近的幾個約會。週二他才與皮耶吃過飯。週四也是。皮耶果然是他最好的朋友。午餐約會欄上還記載著其他名字，晚餐約會欄上也有，但是這些名字他都沒有印象。文件夾裡都是他的訂單。一張名片上寫著「傑瑞米德雷格，大巴黎地區業務員」。

他翻到一本小冊子，上面介紹雇用他的公司及其產品——都是些他毫不知用途的膠類。

這些對他都沒有幫助。他反而莫名奇妙地有種罪惡感，感覺在偷窺別人的隱私。

我得找些照片來看！照片可以讓我補足這兩年的記憶，或許可以給我一點線索！

他很快在一個書架上找到三本相簿。

第一本相簿，仿皮製的封面上印有金色的二〇〇一年字樣。

那是第一年與維多莉亞共度的留影，每一張照片都以優美的字跡加註說明。第一張照片讓他嚇到。他看起來很累，形體枯槁，眼神茫然。維多莉亞跪抱著他。她看起來很幸福、快樂，他則黯然神傷。兩相對比非常明顯。根據日期，那是在他出院後幾天拍的。

他翻著相本。越看到後面，他越發現自己恢復了生氣與紅潤的臉色。照片底下的說明讓他更能掌握情況。「突尼西亞的莫那斯提爾，我們第一次共度假期」、「普羅旺斯的盧貝隆，週末」、「我的生日」、「週年紀念」等等。他發現有幾個人似乎跟他很親近，但是他卻不認識。

他的視線停留在一張獨照上，照片中的他看似迷失，眼神很怪異。他越看越覺得他的眼神空洞，與其他照片中的眼神相差甚遠。他翻到前面幾頁檢視，驚訝地發現在所有的照片中，即便他的表情是快樂的，眼神卻都一樣，很像縫在絨毛玩具臉上的兩顆黑眼珠。接著他告訴自己，所有人仔細看自己的照片都會有這種奇怪的感覺。他以前曾經盯著鏡中的自己，以固定的節奏重複講自己的名字。經過一會兒，他的臉就會變得陌生，像是一張別人的臉，上面混雜著陌生的五官與輪廓，而他的名字也變成幾個音節，最後變成幾個沒有意義的字母。

第二本相簿就像它的標題一樣，是他的婚禮照片。

維多莉亞與他在市政府裡，她身穿美麗的白紗，傳統而優雅，他穿著灰色西裝、白襯衫與黑灰色領帶。兩人都對著賓客微笑，親吻來賓，笑成一團。他沒看到他的父母，心頭一緊。他尋找教堂婚禮的照片，但是沒找到。他們應該只有公證而沒有舉行宗教儀式。

「我們的家庭」是第三本相簿的標題。

前面幾張照片是維多莉亞懷孕的模樣。她體態渾圓，圓滾滾的很適合她。世界在改變，他愛的人也在變，他的宇宙在轉動，只有他還是原來的他，不變。

接下來是孩子出生的照片。第一張是寶寶的照片，他剛剛誕生，裹在一件過大的藍色嬰兒衣裡，圖說寫著「我的王子湯瑪」。另外還有寶寶在其他場合與不同穿著的照片。在某些照片裡，傑瑞米扮演起父親的角色，不是抱著嬰兒就是拿著奶瓶。

他闔上相本，感覺很茫然。沒有一張照片喚起他的記憶。他依舊好奇且焦慮地看著每張照片，彷彿侵入了自己陌生的孿生兄弟的隱私。那不是屬於他的人生。

我該怎麼辦？把我再次失憶的事情告訴維多莉亞？然後等待並且押注我還能恢復？畢竟從這些照片看來，自我上次犯了失憶症之後，我的生活很正常。

他沒聽見維多莉亞進門。

「你怎麼還穿著內衣褲？換衣服啊！都快中午了。我們的客人快到了。」

傑瑞米乖乖地走向浴室。

克羅蒂是那種很漂亮又很誘人的女孩。她有種冷冷的美，對自己很有自信。傑瑞米不喜歡她。他覺得她做作，也很強勢，她把自己的感覺與意見看得比其他人重要，別人說話時她都不專心聽。她與皮耶的情侶關係似乎建立在一種心照不宣的協議上：贏得美人的皮耶以縱容她扮演知識分子作為交換。有時候，克羅蒂的某句話或某種態度會激得皮耶面有難色，但他馬上又會恢復鎮靜，以愛的眼神看著她。

傑瑞米看到維多莉亞與克羅蒂那麼要好，感到非常吃驚。她們兩人的差異是如此之大。

他們在沙發上坐了快二十分鐘。維多莉亞給大家端上開胃酒，讓傑瑞米負責決定為誰斟上一杯威士忌。

皮耶從一進門就熱情地親吻他。「生日快樂，我的兄弟！」他送上一瓶紅酒。「你最愛的酒。」克羅蒂獻上雙頰讓他行吻頰禮，沒有多說。

現在大家的話題繞在生日與其他節慶上。克羅蒂持著超典型的論調，說她覺得這些節日不過是為了刺激消費而已。

傑瑞米本想好好享受這一刻的輕鬆，但是問題一直不斷纏繞著他。

維多莉亞大聲喊他。

「親愛的，你可以去抱湯瑪嗎？我想他應該醒了。」

「對喔。」皮耶說。「他應該會想念他的乾爹！」

看到傑瑞米出現在搖籃前，湯瑪興奮地搖晃身體。父親與兒子以同樣好奇的眼神互望對方，以沉默的方式詢問對方。傑瑞米專注地看著寶寶的手勢、輪廓、以及似乎在要求抱抱的眼神，試著從這個新生情感的角度來進入現實。他是我的，他是我的兒子。

他笨手笨腳地抱起他。為了怕弄傷他，他讓他小小的身軀靠在他身上。就像第一次抱起湯瑪時的感覺一樣，這樣的接觸讓他很舒服。

「啊，他們來了！」維多莉亞大聲說。「看他們多棒啊，是不是？」

「湯瑪好棒喔！我可不會說傑瑞米很棒。」皮耶笑著說。

他伸出雙臂。

「看，他在找乾爹。他認得我！」

傑瑞米看著維多莉亞與皮耶用誇張的手勢與牙牙學語的說話方式逗寶寶，克羅蒂則僅是露出一個禮貌性的微笑。他甚至看出皮耶逗小孩的幼稚模樣讓她有些不悅。她的眼神與傑瑞米的交會，她盯著他看，逼得他轉頭。

她為何這樣盯著我看？她冷漠、訊問的眼光讓他不舒服。他想逼她垂下雙眼，於是突然轉向她說：

「妳想抱他嗎？」

她嚇一跳，結結巴巴。

「呃，不要，謝謝……」

傑瑞米很得意害得她不知所措，還想再進逼一步。

「妳好像不是很喜歡小孩的樣子！」他挑釁地說。

氣氛頓時變得沉重。維多莉亞看著傑瑞米，神情驚愕。他明白自己做錯了。皮耶在第一時間就看到女友的反應，試圖以對寶寶微笑來掩飾尷尬。克羅蒂咬著牙，壓抑著暴怒繼續瞪著傑瑞米。

大家似乎都在等他道歉。

「對不起。我累了。」他隨口說。

維多莉亞恢復鎮定，說她該要把午餐準備好。她起身時，眼睛直狠狠地瞪著傑瑞米，眼神裡盡是她本來想跟他大吵的怒氣。

「克羅蒂，跟我來，我需要有人來幫我端麵包。」

克羅蒂跟著她去。

皮耶沒有抬起頭。

「你為何說這樣的話，傑瑞米？」

這個問題和皮耶窘迫的表情讓傑瑞米很不好意思。他剛剛確實是被激怒了，但是到底是什麼因素刺激了他？

「我不知道。我只是累了。就這樣。」

「你明知道我們有生育方面的問題，你還當她的面這樣講！」

他的聲音裡沒有咄咄逼人的語氣，只有想要了解事實的惱人渴望。

傑瑞米覺得很可恥。

「我很抱歉……我是個蠢蛋……」

「對，你是蠢蛋，但是你不能因此有權利愛怎樣就怎樣。」

門鈴又響了。克羅蒂與維多莉亞回到客廳。維多莉亞觀察傑瑞米的反應，看到他整個人僵在那裡，她朝門口走去。

「應該是你媽媽。」

皮耶把寶寶遞給傑瑞米。

從傑瑞米所在之處，看不到大門口，只聽見對話聲。他抱緊湯瑪。他的母親出現在門口的走廊上，獨自一人。傑瑞米感到心頭糾結。她放下包包，動也不動地看著他。他發現媽媽看起來累了、老了，心裡很難過。他覺得不過離開她沒幾天，當時她還很美，很有精神又慈祥，現在的她卻虛弱又疏離。從她栗子色的合身套裝和米色襯衫上，他認出母親優雅、低調的穿衣風格。

「我向您介紹克羅蒂和她的未婚夫皮耶。」維多莉亞說。「他們是我們的好友。這位是傑瑞米的母親，德雷格太太。」

「叫我米麗安就好。」

皮耶與克羅蒂湊上前與她握手。米麗安客氣地對他們微笑，然後又轉回來看她兒子。

大家都試圖放輕鬆，但是他們的努力都太過明顯，反而使得氣氛更為沉重。

「我們讓你們倆聊聊。」維多莉亞說。「皮耶、克羅蒂，我需要你們幫我擺餐具。」

她走到傑瑞米身邊想抱走寶寶。

他以手勢拒絕。他料想小孩在接下來的時刻裡會扮演重要的角色。

「媽，妳好。」他低聲說。

「傑瑞米，你好。」

她的聲音冷靜、平穩，卻可以感覺到裡面藏有一股情緒。

「爸爸……沒來。」傑瑞米看了看之後說。

「對他而言還太早了。」

「我了解。那妳呢？」

「我？」

她笑了，一個帶著疲倦的苦笑。他們的眼神傳遞著這幾年來因為分離而壓抑的情感。她本想表現得更有敵意一些，或者至少硬撐一下子，但是她那道怨恨的牆抵不住情感的攻擊而垮下了。

她怪我。她希望讓我明白我對她造成的傷害。

湯瑪扭動四肢，然後用力轉過去看這個陌生人。

當嬰兒的眼睛停留在她身上，她從無言的對話中抽離出來，轉變了態度。她的臉色變得柔和，起了皺紋的嘴角揚起一個無盡溫柔的微笑。

「妳看，我想他知道妳是誰。畢竟血濃於水……」

「血濃於水？真是奇怪。有時候這種價值會跳過一代！」她擠出苦笑說。

這話傷了他。但是他知道她不會再說下去。這句攻擊的話是為了維持尊嚴，因為她剛剛看到嬰兒太快投降了。

「他真的好可愛。小心，你抱的方法不對。這樣他的脖子會受傷。」

她慢慢靠近。

「妳來我旁邊坐下，我把孩子給妳抱。」

他的母親已經伸出雙手要抱小孩。

她坐在傑瑞米旁邊。她讓湯瑪面對著她，並對他笑，滿臉幸福的模樣。

傑瑞米聞到她的香水味。那是童年時熟悉的味道，混合著薰衣草古龍水與衣物柔軟精的味道。一種誠實與美德的味道。

他忽然好想跪下來，請求原諒，親吻母親。

「媽媽……我……我不知道我怎麼會這樣對你們……」

可是他又能說什麼才能平復那種愛被背叛的感覺？他有話說不出口。

「媽，我愛妳。」

她整個人僵住，但是假裝沒聽到，繼續對寶寶笑。

「他好可愛。我真的好想來看他。我可是他的奶奶啊。」

她的聲音卡住，眼睛泛淚。她讓寶寶的臉貼著她的臉，然後親吻他，彷彿要躲在他的臉後面。

傑瑞米覺得不知所措。

「我很抱歉讓爸爸和妳受苦了。那不是我！我不知道自己做了什麼。我是多麼愛你們。」

她抬起淚眼望著他，一邊繼續親吻湯瑪的額頭。

「我們一直都是為你好，相信我，傑瑞米。」

「不是你們的問題。我怎麼可以讓你們如此自責？媽，不是你們的問題啊！那只是少年迷途。我愛上了維多莉亞，瘋狂地愛上她。可是她對我不感興趣。我不想過著沒有她的生活。我知道這樣說很荒謬，可是自殺除了在行為當下之外，永遠都是荒謬的。它只存在幾秒鐘、在行為前的幾分鐘，在那片刻間它具有毀滅性。這些跟你們都沒有關係。至於其他的事，在那之後的事，我不知道該說些什麼。我想是因為這種瘋狂揮之不去，或者是我對自己感到可恥。我不知道還可以怎麼解釋。」

「那你今天為何又想見我們？」

「我也不知道！我只是覺得我又變回我自己。」

他意識到自己的解釋很奇怪。

「我接到維多莉亞的電話時好開心。」她微笑坦白說，眼睛裡滿是淚。

「而我，我好高興妳決定過來。至於爸爸……」

她溫柔地打斷他。

「他需要時間。做媽媽的原諒得比較快一點。」

他伸出手臂緊緊摟著她的肩膀。湯瑪開始睡著了。

「我想我會愛死他。」她看著他睡去時說。

維多莉亞出現在門邊。看見他們彼此擁抱在一起，她決定走進來。

「我好高興看到你們倆這樣。」

她對傑瑞米眨眼。

「好了，起來吧，我們要吃午餐了。」維多莉亞開心地說。

傑瑞米起身，拉著媽媽的手，扶她起來。他把她拉近自己，緊緊地抱住她。他把臉埋進她的頭髮，聞她的香水味。

那是一種誠實與美德的味道。

午餐在一種虛偽的輕鬆氣氛中進行。克羅蒂似乎依舊不太高興。傑瑞米與他媽媽不斷地對望，表達見到對方的喜悅。傑瑞米對朋友與太太講的話題沒有興趣。而關於母子之間共同回憶的話題又讓其他人插不上話。

餐後，他們待在客廳，湯瑪成為話題主角。下午時，克羅蒂抱怨頭痛，決定回家。皮耶要陪她回去，但她拒絕了。

「你留下！畢竟是你最要好朋友的生日。」她挖苦地說。

她向維多莉亞與德雷格太太說抱歉，與傑瑞米匆匆道別後就走。

德雷格太太說她也該走了。

「你爸爸應該迫不及待地在等我回家，急著想知道進一步的消息……反正我會再來。現在我重新找回我的兒子……還有我的孫子。」

「我們永遠歡迎妳和爸爸過來。」

他擁抱她。她後退一步以便看清楚他的臉，她輕撫他的面頰，在他臉上親了一下。然後她轉向維多莉亞：

「謝謝……謝謝妳所做的一切。」

她們熱情地互親臉頰。

「給我一張小孩的照片好嗎？」德雷格太太不好意思地說。「我先生會很高興的。我會把照片放在客廳的餐具櫥上。所有的祖母都這樣做不是嗎？」

她走了之後，維多莉亞走到傑瑞米身旁。

「你快樂嗎？」她抱著他問。

「嗯，我真的很想見她。」他溫柔地笑著說。

「真沒想到你會這樣說！」她說，望向皮耶。

皮耶坐在沙發上，皺著眉頭。

「你從今天早上就怪怪的。你先是要找你的父母，對他們沒有受邀一事感到驚訝。然後你對待克羅蒂的態度又兇又蠢。還有，一整餐下來你都沒說什麼話。」

傑瑞米在沙發上坐下，把頭埋進雙手裡。

「我又失憶了。」

他們驚訝地看著他。

「你是在開玩笑吧？」維多莉亞大聲問。

「不，我什麼都不記得。」

「怎麼會什麼都不記得？」皮耶問。

「就像上次一樣。」

他抬頭時發現他們嚇呆了。

「你說的上次是何時？」皮耶問。

「如果我沒弄錯的話，應該是兩年前。」

「那之後你記得什麼？」

「什麼都不記得。」

「那之前呢？」

「我記得自殺前的一切，還有我第一次的……失憶。中間的事都不記得，第一次失憶後的事情也不記得。」

維多莉亞倒向沙發，坐在皮耶旁邊。

「你說真的嗎？你可不要為了合理化你的態度隨便瞎掰！」

「不，我真的完全搞不懂。我不知道我為何跟父母失和，我對克羅蒂與皮耶的情況毫無所悉，我也聽不懂你們聊天的內容。今天早上我起床時，還在想這小嬰兒是誰。竟然是我兒子！但我連我們的婚禮都不記得啊，維多莉亞。我覺得一片空白，真的一片空白……」

傑瑞米倒在沙發的椅背上。

「媽的！」皮耶起身大叫。「怎麼可能啊！不會又來了吧！醫生說過……」

維多莉亞打斷他。

「他們沒說什麼。他們診斷不出來。他們總說這是一種『情緒驚嚇』。」

「我入院後的第二天發生了什麼事情？」傑瑞米問。「我記得我睡在病房裡。我很不舒服，陷入瘋狂。」

「第二天你全都想起來了，」皮耶回答。「但是前一天的事除外。你反倒變成選擇性失憶。醫生們本來要把你留院觀察，可是你拒絕了。你重新恢復上班，絕口不提此事。」

「他們希望你能做長期的追蹤。」維多莉亞接著說。「但是我幫你約了專家，你從來都不去看。後來沒有再出現什麼問題，我也就沒堅持了。」

「那我去年的生日呢？」

維多莉亞聳聳肩。

「你去年很正常。我們怕你復發，醫生也建議我們前一晚小心照顧你，不要離開你，不讓你喝酒。結果一切正常。」

接下來是一陣充滿緊張與憂心的靜默。

「我們應該再去醫院。」維多莉亞建議。「那是唯一的辦法。」

「不，我不要。如果他們第一次就沒搞懂我的狀況，那今天再去有何差別？」

「他說得對，」皮耶附和。「那些醫生沒有用。他們只會把他當成實驗鼠而已。」

「那你們有最好的解決辦法嗎？」

維多莉亞顯得很焦躁。

「也許我們可以告訴你一些對你而言很重要的事情，帶你去一些你常去的地方？」

皮耶建議。

「我不知道那行不行得通。就連我媽來我都想不起來以前的事……」

「你說得對。」皮耶同意。「可是這種事情沒有規則。也許一個不起眼的細節會引發某種反應……」

「我們先取消今天下午的事情。」傑瑞米提議。「我不認為我可以再繼續假裝下去。」

「你說得對。」皮耶說。「如果你老闆發現你處於這種……不穩定的記憶狀態，他可能會因此懷疑你工作的可信賴度，特別是此時你正要升遷……」

「我該怎麼跟他說？」維多莉亞問。

「就說傑瑞米腸胃不適。腸胃不適是最好的理由，不需要解釋，別人也不會多問。」

維多莉亞離開去打電話。

皮耶在傑瑞米旁邊坐下，拍拍他的大腿。

「聽著，沒那麼嚴重。也許會像上次一樣，明天你就會恢復記憶……忘掉這一切。」

「真好笑。」

「你必須告訴自己這只是時間長短的問題。就像做噩夢一樣。明天你醒來，一切都會結束。不會有事的。」

「只不過我會忘記這段對話，而我的病隨時可能會再發作。」

「我們必須要弄清楚這……毛病是怎麼回事。」

「這樣醒來實在很痛苦。我不知道自己的過往。我彷彿被人切成好幾段，任意到處散布。我撿回幾塊拼圖，但是我兜不回別人協助我恢復的原型。」

「我聽不太懂你講的話。」

「我不覺得自己是你們描述的那個人，那個你們原本熟悉的人。我愛我的爸媽，我並不可惡，甚至有點可憐。我不是從商的性格，我比較是藝術家那一型的。我不愛喝酒……我怎麼用這些根本就不像我的碎片來重建我的記憶？好，你告訴我，你怎麼看我這個人？」

皮耶尷尬地笑了笑。

「你是一等一的蠢蛋！更糟的是，你是酒鬼、討厭鬼、牢騷鬼……」

他把手搭在他肩上。

「但是你是個好人。你是我的朋友。」

「聽了這話我一點都沒有比較安心。」傑瑞米開玩笑說。「真心地告訴我，你每天是怎麼看我的。」

「這是真心話的遊戲嗎？」皮耶露出狡猾的表情問。「你是個有決心、有意志的人。一個追求享樂的人。你熱愛生命，總懂得享受每一時刻。你喜歡好餐廳、好酒、十二年的威士忌；你喜歡高談闊論，談政治、談你的工作、談足球；你喜歡跟朋友聚餐、休假、漂亮的車子……你討厭煩人、囉唆的人；你不喜歡同事、社會規範、素食料理、宗教、各種教派，總之你討厭所有會讓你浪費時間或是無法盡情享受人生的東西。」

「我不知道我是這樣的人。」傑瑞米驚訝地說。「那維多莉亞呢？」

「維多莉亞？她是每天救你的人。她是你的守護天使，你的護欄。」

「那……我是怎麼對待她的？我愛她嗎？」

皮耶被這問題嚇了一跳。他搔搔頭，皺起眉頭。

「這問題你問我？很難回答你啊！她是你的支柱之一。你知道這點，你也很感謝她。」

「這不是我要的答案。」

這時，維多莉亞進來了。

「好了。我想取消約會正合他意，他打高爾夫球打得正起勁。他建議你多休息到康復為止。你們剛剛在聊什麼？」

「聊傑瑞米，聊他的個性，還聊到妳，聊他愛妳的方式。」皮耶笑答。「我在跟一個瘋子聊天！」

「是嗎？那你愛我嗎？」維多莉亞坐到他的膝上問。

「愛到瘋狂。」

他的雙眼瀏覽維多莉亞的臉部特徵，如此貼近，他突然意識到自己有多幸運。她握緊他的手。

「傑瑞米，我擔心你。我覺得我們該去找醫生。」

「妳不要擔心。皮耶說得對，明天我就會恢復記憶。如果沒有，我答應妳去看醫生。」

「除非你又忘記前一天答應過的事情。」皮耶諷刺地說。

「妳會提醒我的。」

「你何不去睡個午覺？」皮耶建議。「那樣也許對你有好處。」

一想到睡覺，傑瑞米就覺得體內有股焦慮感上升。他故意開玩笑，趕走侵入腦海的影像。

「我想躺下來休息、放鬆，但是不要睡著。我怕我又跳過一段未來！五年，十年，五十年！我睜開眼睛，看到恐怖的景象，我面前有個泡著假牙的杯子，而缺牙的維多莉亞就在我旁邊！」

「也太有情趣了吧！」維多莉亞笑了。

「我要走了。」皮耶起身說。「我要去看看克羅蒂。」

「代我向她道歉。」傑瑞米帶著歉意低聲說。

「沒問題。我會向她解釋，她會了解的。」

皮耶走了之後，傑瑞米躺在沙發上。維多莉亞暫時離開，回來時手上拿著一瓶香檳和兩個香檳杯。

「我們還是可以幫你慶生……」

她給他一只酒杯。

「你還在想你的失憶症？」

「我滿腦子都是這件事。」然後他發現自己說錯話，又改口說，「即使我現在跟妳在一起，感覺很舒服。」

她笑了。

「告訴我你在想什麼。」

「我在想如果我明天還想不起來，我們的夫妻關係會如何演變。畢竟，明天我會不會好還是一個未知數。」

「可是上次……」

「那是**上一次**啊！一次的經驗不足以成為常態！」

「別擔心，如果你沒好，我們就去找最有名的專家。沒有什麼能破壞我們的幸福！」

「對，我們會展開一段非常精采的生活！」他語帶諷刺地大聲說。「知道我每年生日醒來就會有一堆新的驚喜，這不是很棒嗎？我會像個在耶誕節早上起床的小孩，找禮物似地跑到每個房間去數數我們有幾個小孩。更別提還會發現有完全不認識的新朋友賴在我家沙發上的樂趣了！」

「不要再說蠢話了。聽好，我寧可你接受現況。」

「只要我和妳很幸福地在一起，我不在乎這個毛病。」

她撫摸他的臉。

「從正面一點的角度來看，」他繼續說，「這失憶症讓我們可以退一步來看待人生，更懂得欣賞其中的價值。」

維多莉亞露出淘氣的模樣。

「沒錯。對了，我希望我們很認真地考慮再生一個小孩。」

傑瑞米驚訝地看著她。

「真的嗎？可是我才剛認識我們的第一個孩子。」

她假裝沒聽到。

「我覺得生小孩的間隔最好不要超過兩年，這樣他們比較會相親相愛。而且，既然我們都已經與奶瓶為伍了……」

她貼著傑瑞米的身軀。他覺得有點被這個情況嚇到。這樣的親膩讓他有點吃驚，但是覺得很幸福。

「我們給湯瑪生個弟弟，現在。」她在他耳邊低聲說。

傑瑞米並未完全沉溺在歡愉中。他抽離出來觀察這未曾親身經歷過的場景。

他們喝完了那瓶香檳，微醺的傑瑞米無法集中思緒。當維多莉亞給他一個小禮物時，他試著微笑。一抹無意義的笑容從他略為呆滯的臉上擠出。

「喂！」她笑著說，「你的臉好紅喔。我從沒看過你才喝幾杯就這個樣子！」

「我想我有點醉，我累了。」

他拆開禮物，發現是一個精心雕琢的實心銀製的紀念品。他猜不出來是什麼東西，拿在手中反覆把玩了好幾次。

「那是你在玫瑰街上一家店的櫥窗裡注意到的小玩意兒。一本保存在銀盒中的聖詩集。你看著這玩意兒的表情嚇了我一大跳。你好像被……催眠似的。你向來對宗教不感興趣，可是我想那東西應該對你有某種意義吧。」

「謝謝。」他終於發出聲音，被這奇怪的禮物嚇著了。

他打開盒子，取出以羊皮紙印刷的小書。花了好一番功夫才看清楚封面上的字樣：《聖詩集．希伯來文／法文》。

「你不喜歡？」

「不……禮物很好……我只是……只是酒精的作用。我要去休息一下。」

「好，我來收拾一下。」

她起身，把酒杯和酒瓶放在托盤上，往廚房走去。

只剩他獨自一人，他突然覺得兩邊太陽穴沁出汗珠。一陣寒意侵襲他的四肢、腹部與背部。他打開小書翻閱，吃力地呼吸。他把書拿遠，然後又靠近看。

祢把脆弱的人磨成塵土，然後祢說：「回歸塵土，人之子。」一千年在祢眼中宛如昨日——當千年走過，就如一更之於昨夜。祢讓人沒入滔滔洪流。他們陷入沉睡。清晨，他們如新生的草生長。夜裡，他們被割下來曬乾。

他覺得肚子有股灼熱感。難道是這段文字讓他不舒服？他呼吸困難。他想起身，但是四肢不聽使喚。

跟在醫院裡的感覺一樣。他的眼皮沉重。他實在好累，非躺下不可。

他怕睡著。誰知道醒來會面對什麼情況？他為何感到不適？他繼續讀下去。

人的壽命是七十歲，最長八十歲。所有的輝煌榮耀不過是痛苦與悲慘。因為命運的線很快會被剪斷，我們便會消逝。誰會管你有多憤怒？誰會以你的恐懼來衡量你的怒火。所以我們要學習計數自己的日子，以便獲得一顆澈悟的心。回來吧，喔，上帝，直到何時？重新憐憫祢的僕人們吧。

聖詩集自他手中掉落，他無法撿起書本，他的四肢僵硬。他聽見維多莉亞在廚房的聲音。他想喊她，但是嘴巴完全叫不出聲。他聽見一陣低語，瞥見窗邊有一道閃光，但是他無法轉頭。他現在完全麻痺，渾身是汗，只剩眼睛還可以動。他拚命呼吸，試圖再保持幾秒鐘的清醒。這時他看見老人站在窗前，口中念著一樣的禱詞——死亡的祈禱。他在這裡做什麼？他是誰？他得警告維多莉亞，告訴她屋子裡有個瘋子！

我要警告她！我要警告她！他試著叫喊，但是他缺氧，喘不過氣來。幾秒鐘後，他就昏厥在黑暗中。

第四章

「爸爸，爸爸。」

孩子的聲音雖小，但是一直喊個不停。

「爸爸，起床了！」

傑瑞米緩緩抬起頭。在他床邊，一個雙眼深邃漆黑、五官端正的小男孩盤腿坐著。他的下巴托在兩掌間，長長的黑髮落在頸背上，一副賭氣嘟嘴的表情。他看著他。

「爸爸，快點起來啦，天亮了！」

傑瑞米把頭靠回枕頭上。

他試著集中精神要搞清楚當下的情況，但是他腦中只有自己二十三歲生日的場景。他記得與維多莉亞共度的美好夜晚，他喝醉了，還有《聖詩集》與老人。一陣混合著疲憊感的恐懼向他襲來。

不會又來了吧，我受不了了。

「我餓了，我要喝牛奶。」小孩很堅持地說。

傑瑞米沒反應。

我的失憶症又犯了。這孩子叫我爸爸，他應該是湯瑪。所以我現在距離上次記憶又過了好幾年，三或四年吧。他絕望地嘆氣。他無法思考。他的意志力完全放棄。

孩子等煩了，起身走出房間。

傑瑞米依舊躺著。他用前臂遮住眼睛，不是為了擋光，而是為了躲避現實。

他聽見玻璃杯摔破的聲音，立刻跳了起來。

他的動作太快，突然一陣頭昏眼花。他起身，但是雙腳似乎無法支撐身體的重量。他半瞇著眼睛，倚靠著家具，往聲音傳出的方向走去。

他看見孩子在廚房裡，站在凳子上，在壁櫥裡找東西。他在賭氣，不想轉過頭來。

「我要喝牛奶。」他語氣堅決地說。

傑瑞米不知該做什麼。他有點錯亂，彷彿忘記自己的身分，失去反應與思考能力。這一天顯然還有很多驚奇在等著他。儘管如此，他決定活在當下，從扮演好做父親的角色開始做起。

湯瑪現在穩穩地站在廚房的凳子上。

「不要動，我來弄。」

孩子把一瓶果醬打翻在地板上。會傷人的玻璃碎片閃閃發亮，就散在冰冷的地磚上。

「過來，你會弄傷自己。」

他抱起他，讓他坐在餐桌上。

他處理的態度很冷淡。他多想丟下這個孩子回去睡覺，不想管這件事。

傑瑞米到處找拖鞋。他在玄關走廊上找到唯一一雙黑色皮質拖鞋，穿上後用腳踩著廚房紙巾，把玻璃碎片掃到廚房角落。然後在孩子翻過的壁櫥裡找杯子，終於找到一個。

「不，我要用奶瓶。」孩子說。

「用奶瓶？」

這孩子這麼大還用奶瓶。可是傑瑞米不想管那麼多。他拿了孩子指給他看的奶瓶，再從冰箱裡拿出一瓶奶。

現實慢慢納入，迫使他渙散的神智執行著該做的動作。

「你沒有加可可。」

「啊，可可！在哪裡？」

孩子露出不耐煩的表情，手指著一個櫥櫃。傑瑞米從中找到一盒巧克力粉。他打開微波爐，把奶瓶放進去，看著一堆按鍵。

「大的那一個按鍵。」孩子說。

他照做。

「按這個號碼。」他兒子手指著數字二說。

奶瓶在加熱的同時，他趁機看了一下廚房。這不是他上次醒來時的公寓。

他想見維多莉亞，跟她說話。她在哪裡？

他看著孩子。他長得很漂亮，大眼睛尤其吸引著他的注意。他覺得那雙眼睛似曾相識，不過他馬上就發現是因為那跟自己的眼睛很像。這孩子像他。因為這是我的孩子。這項發現給了他一點安慰。

孩子好奇地看著他。

「湯瑪，還好嗎？」

孩子挑起眉。

「我不是湯瑪，我是西蒙。」

傑瑞米驚訝自己聽了這話還能冷靜。

兩個孩子？有何不可？從此再也沒有什麼事情會讓我驚訝。但是這一回，我倒是忘掉了幾個年頭啊？

「西蒙？對……對不起，我還沒睡醒……那湯瑪呢？」

「他在房間玩。」

微波爐停了。傑瑞米拿出奶瓶，遞給西蒙，然後往客廳走去。他打開通往書房的門，在另一扇門上看見一張迪士尼海報，上面寫著「湯瑪與西蒙」的字樣。他走進去。一個年齡較大的孩子坐在電視機前，靈巧地把玩著電玩搖桿，讓一個人物在彩色的道路上前進。孩子沒注意到傑瑞米，專心地在打電玩。

傑瑞米走近他，發現自己的心怦怦跳。

「湯瑪？」

孩子沒理他。

也許不是他？

「湯瑪！」他以比較肯定的語氣叫他。

孩子頭都沒抬。

他應該四、五歲左右，也許六歲。西蒙應該小他一歲。

「你可以暫停五分鐘嗎？拜託。」

孩子按了暫停鍵，雙手交叉沒轉頭。

「湯瑪！」

「幹嘛！」孩子不耐煩地回答。

是他沒錯。是我昨天還抱在懷裡的嬰兒。這真是太扯了！

「你……你吃過早餐沒？」他隨口一問。

孩子聳聳肩。

他顯然不高興。可能是因為他打擾他打電動。

他走過去，蹲在他面前。孩子低下頭。

「看著我。」

湯瑪瞪著他爸爸看。

他比較像媽媽。傑瑞米發現。他的整張臉有媽媽的細緻輪廓，她的碧眼與嘴唇。

看著這個長相如此熟悉的小陌生人，尤其在最近的記憶裡他還只是個小嬰兒，他覺得又感動又慌亂。

「你媽媽呢？」傑瑞米問。

這問題讓孩子大驚，甚至激怒了他。他不滿地瞪著他父親。

「你講得好像你完全不知道似的！」他冷冷地說。

那是什麼意思？湯瑪讓傑瑞米不知所措。他想抱著孩子親吻他，但是孩子的態度讓他打消念頭。

「好，我讓你繼續玩。」

他才離開，湯瑪馬上繼續玩電玩。他則回到書房，整個人倒坐在扶手椅上。

我有兩個孩子。

他轉動座椅，看到掛在牆上的電子日曆。上面顯示的影像類似他童年時的學校。他看一下日期：二〇一〇年。二〇一〇年五月八日。太荒謬了！我的前一段記憶是六年前！我的生日當天！這真是永無止境的困境啊！

他試著搞清楚時間順序。湯瑪六歲，甚至不只。西蒙是我們的第二個孩子，他應該小個一、兩歲。我們搬家了。我二十九歲。

他沮喪地嘆息。我只能確定這麼多？怎會有人對自己的事情只知道這麼多？

他想照鏡子看看自己，於是走出書房去找浴室。

在鏡子前，他終於看到歲月在他臉上留下的痕跡：他的皮膚比較暗沉，髮際線已經往後退了幾公釐，眼尾也出現了幾條細紋，還有點黑眼圈。他的人生好像被人偷走了，他不斷地瞬間老去。歲月用力地刮他巴掌，每被打一次，傑瑞米就失去知覺，只能等著被下一個巴掌打醒。就是這樣，我的人生就像一連串迎面而來的巴掌，中間夾雜著短暫的理智時刻。就像一條晦暗走廊上偶有閃光。我就這樣老去。

他覺得肚子一陣痙攣。他餓了。就像上次一樣餓。一種本能喚醒他的行動。他需要進食來恢復體力與理智。他想要反抗。但是反抗什麼？反抗誰？怎麼反抗？他還不知道。他只是拒絕放棄。

他在冰箱裡找到一塊雞肉、一瓶果汁與一盤豬肉。他狼吞虎嚥，只為了盡快終結虛弱感，他吃不太出食物的味道，但是頗高興能滿足味覺。湯瑪走進來，傑瑞米對自己的吃相感到不好意思。

「你要跟我一起吃嗎？」他問他。

湯瑪沒回答。他直接走向櫥櫃，打開拿出兩條巧克力。

「你知道的，你現在不應該吃巧克力。如果你還沒吃早餐……」

但是湯瑪沒聽他說完就走了。

傑瑞米覺得自己很蠢。我憑什麼對他說教啊？他還不習慣扮演父親的角色，只是硬著頭皮上陣。

他聽見電話鈴響。

想到可能是維多莉亞或是他母親打來的，他趕緊跑到客廳。

湯瑪已經接了起來。他以悲傷低沉的語氣說話。

「有……麥片和一條巧克力……他喝過牛奶了……」

他在跟維多莉亞說話。

「妳何時回來？」孩子問。「妳為何要走？」

他的聲音哽咽，快要哭出來。

「我不想留在這裡。妳來接我們啦……嗯……好……我也是……我去叫他來聽。」

傑瑞米靠過去拿話筒，但是孩子喚的是他弟弟。西蒙跑過來搶話筒。湯瑪看著他爸爸呆站在客廳中央。他一語不發，擦乾眼淚，往房間走去。

傑瑞米本想抓住他，安慰他，但是他沒辦法這樣做。他是惹得湯瑪難過的原因。他不知所措地聽著西蒙與維多莉亞對話。

「媽媽？（西蒙的聲音是高興的。）我有喝牛奶……妳在哪裡？妳要回來了嗎？」

孩子專注地聽，一邊搖頭。他看起來像是大人在討論正事的模樣。

「我愛妳，媽媽……好愛、好愛、好愛妳……好……一定……我也是……」

他想掛上電話，但傑瑞米跳起來抓住他的手。嚇一跳的西蒙皺著眉頭看著他。

「維多莉亞？」傑瑞米幾乎是用喊的。

對方一陣靜默。

「是？」

「維多莉亞？妳在哪裡？」

「在鄉下，我爸媽家。」

「為什麼？」

「為什麼？為了放鬆啊。」維多莉亞的聲音冷漠又諷刺。

「妳……妳會回來吧？」

「今天不會。傑瑞米，我不想講這些。我離開是為了退一步想。我要付出的代價就是看不到孩子。我希望你好好照顧湯瑪，他現在情緒不穩。試著跟他講講話，試著做好你當父親的角色！」

「我不懂……」

「我也不懂。你明明知道我就是因為這樣才離開的。我們今晚再討論。我晚上八點前會再打電話回來。別忘了給他們洗澡，他們最晚不能超過七點半睡覺。」

「等等，我想跟妳說……」

「不，晚上再說，傑瑞米，今天晚上。喔，對了，生日快樂。」

傑瑞米在客廳裡踱步，反覆思索維多莉亞的話，想理出頭緒。

她氣他，氣到離開，把孩子丟給他一個人。他們一定是吵架了。他覺得有罪惡感。維多莉亞一定是氣壞了才會這麼做。

我對她做了什麼？我變成什麼樣的男人？我不想失去她！我要挽回！

她責怪他對待孩子的方式。他不是個好爸爸，也不是個好丈夫。

我們應該是進入了夫妻生活的平淡期。

這個想法讓傑瑞米有些安慰。這是一個難關，應該可以度過的。此刻的他，是個感傷的失憶者，深知自己必須面對試煉。但是另外一個傑瑞米呢？他突然湧上一股恨意，痛恨破壞他人生的分身。他怎能冒著失去一切的風險？他怎能傷害維多莉亞？

他倒在沙發上。

我變成瘋子了。如果我不能做自己，做那個愛自己、愛生命又感謝生命的人，那我會瘋掉。

他想致電維多莉亞，為他的所為所言向她道歉。但是有什麼用？他不知道是什麼導致自己變成現在這種狀況。於是他想打電話給皮耶，跟他說說話，告訴他自己的失憶症又犯了。

他在電話螢幕上尋找已記憶的電話號碼，找到皮耶的電話。是一個女人接的電話。

「克羅蒂？」

「是？請問您是哪位？」

「傑瑞米。」

「傑瑞米？我認不出你的聲音。」

「幫我叫皮耶接電話好嗎？」

「我很好，謝謝問候。」她諷刺地說。「我去叫他。」

她喚皮耶。

「傑瑞米？」

「是，我打給你是……」

「是因為維多莉亞？」

所以皮耶是知情的。

「我昨晚跟她通過電話。她告訴我你們吵架的事情，她早上打給我說她要去父母家住兩天。現在情況不太妙……」

「我不知道，我不明白。」

「傑瑞米，不要太過分。你不要裝得一副驚訝的樣子好嗎？」

「皮耶，我真的不明白……我又失憶了……」

「你又來了！」皮耶以受不了的語氣大叫。

傑瑞米愣住。他以為會得到同情，或至少是驚訝的反應。

「你別把我當白癡，傑瑞米。如果你對我還有點尊重的話，就別跟我扯這些失憶的鬼話。」

「你不相信我？」

「拜託你。」他以不耐煩的語氣說。

「可是皮耶，這是真的！就像六年前那次一樣，還有再上一次，八年前……」

「就像每一次一樣！」皮耶憤怒地說。

傑瑞米嚇一跳。他的話是什麼意思？難道還有過其他次他不記得的失憶情況發生？

「你每次做傻事就以這個當藉口！上一次你是為了不想去參加你岳母的生日；再上一次，是為了避免承擔你外遇的後果……你真令人厭惡，傑瑞米！」

「我聽不懂你說的。你以為我在假裝？」

「你當我是白癡啊！我告訴你，傑瑞米，因為你是我的朋友我才講——不要總是以自己為中心，以為你可以支配別人！不要再把我們當笨蛋耍。你越來越令人難以忍受。我受夠你了，傑瑞米！」

他的語調不斷飆高，此刻已經轉為怒氣。

傑瑞米本想思考皮耶對他說的話。他應該要回應、裝出適當的表情、辯解。但是他辦不到，只能沉默以對。皮耶一吐為快後安靜了一會兒，然後又開口。

「好了，我要掛了。關於維多莉亞，你等到明天再做回應。你跟她誠懇地談。我很抱歉對你有點兇，但是你需要有人罵醒你。好了，再見。」

傑瑞米意志消沉地掛上電話。

原來我是這種人。一個愛擺布別人、對配偶不忠實、又不尊重別人的人……維多莉亞就是因為這樣才離開的。真是噩夢一場啊！

為了找尋過往的痕跡，他又想到翻相簿。他在書架上找到幾本相簿。前面三本他看過了。第四本是獻給西蒙的。傑瑞米越來越少出現在照片中。他快速翻了幾頁，驚訝地發現一張他父母與孫子的合照，兩老驕傲地把兩個孫子抱在膝上。從他們和好後，他的母親老了許多；她的背變得比較駝，人也比較蒼白、虛弱。但是讓他揪心的是他父親的身形。這個如此強勢的人怎會變成這樣？那位在他的童年夢中，從超可怕的怪獸手中拯救家人的超級英雄現在到哪去了？他瘦了。他的上半身似乎被疲勞的重擔給壓垮了。他從來不按時休息，現在他的身體得為此付出代價。

所以他與父親和解了？他們有再見面嗎？父親原諒了他錯誤的行為及不孝的舉動嗎？

這張照片引發了他的思緒。但是傑瑞米卻不在照片中。

也許我是拍照的人。他安慰自己說。

他不想再繼續多想。他們的關係改善了！有照片為證，這就夠了！

他翻到下一張照片。皮耶與克羅蒂坐在露天咖啡座，皮耶把湯瑪與西蒙抱在膝上。湯瑪在笑，皮耶在扮小丑。克羅蒂則看向遠方。這女人真怪，怎麼從來都沒見她開心過？

他闔上相本，觀察他的書桌。桌子整理得整齊、乾淨。他拉開第一個抽屜，看到他的帳單、薪資單，以及近期的報稅單。他變成業務主管，生活優渥。他的支票票根顯示他很會花錢及善待自己：有衣服、鞋子、理髮和餐廳的收據……

最後一個抽屜上了鎖，這使得他更加好奇。到目前為止，他所收集到的資訊還不足以讓他了解現況。如果他特意在書桌裡藏了些文件或物品，就表示它們相當重要。他在書桌上、書房裡到處找鑰匙。他打開櫥櫃，拿起成堆的毛衣、襯衫，翻遍每一件外套口袋，什麼都沒找到。

他注意到書房門口處的一個櫃子上有個小盒子。他走過去拿起來，想辦法打開。這個以金屬和其他合成材料製成的盒子封得很緊。一處顏色比較深的地方有指印的痕跡。他把食指放上去。一聲鬆扣聲傳出，盒子打開了。

鎖在裡面的是一串鑰匙。另外還有一個卡片夾，內有一張美國運通卡和信用卡，兩張都是他的名字，另有一疊鈔票。他拿了鑰匙，走向書桌，打開抽屜。

裡面擺放了幾樣重要物品。他發現有個相框，裡面放了一張黑白相片，他頓時被翻滾的情緒淹沒。那是他少數童年照片中的一張。他站在父母中間，他們的表情吐露了拍全家福照片的驕傲與害羞。傑瑞米當時六歲。

他為何要把照片藏起來？它應該被放在客廳裡或書桌上！

他還認出放著維多莉亞送他的聖詩集的小銀盒。他遲疑地拿起盒子，憶起上一次拿在手裡時，他一邊對抗著恐怖的感覺和奇怪的幻覺，一邊陷入沉睡。他打開失去光澤的盒子，拿出小書，發現有好幾頁被粗暴地撕去。他察看詩集被撕去的頁碼：第三十、七十七與九十頁。是他撕的嗎？他知道自己做不到。就算他從來沒有真正遵守宗教規範，也不至於對具有宗教意涵的物品有失敬重。即使他的自殺有違他出生地的基本教義，他還是依照自己的方式在信仰著。

他還找到一疊信，用紅絲帶綁著。他打開來一一閱覽，都是維多莉亞寫的信。第一封的日期是二〇〇一年五月十四日，應該是在他自殺後幾天寫的。

傑瑞米：

你應該會被我的信嚇一跳。畢竟我們在一起的時間很長，我又一天到晚跟你講話（應該講太多了吧？）。但是面對你的沉默，我只會說些蠢話或是講些無聊的話題。現在的狀況並不尋常。我得照顧一個曾經願意為我死，現在卻再也不想跟我講話的男人。你只在睡夢中講話，說些奇怪的話。你甚至跟一些看不見的東西熱切地對話。

醫生說你陷入嚴重的心理創傷，需要時間復原。所以我等。

因為我在乎你。

你是第一個與我分享歡笑與夢想的人。我們當時還是小孩，你卻接受我的胡言亂語，以及我的公主故事。如果當時我們懂得如何親吻、如何擁抱的話，相信我們早就做了。但是在當時我們只知道假裝談談戀愛、互相牽牽小手。我們既純潔又真心。後來我長大了，於是我想加入新的朋友群，一些比較複雜的群體。我與你漸行漸遠，我給你一個配角的角色。我知道你愛我，這點讓我很開心，因為我是一個渴望被人愛、沒什麼頭腦的人。我把你忘了。你是我童年的一部分，但我不想再當小孩了。我要做一個能決定自己的快樂、愛情與生命的女人。我熱愛生命，傑瑞米，愛得瘋狂。

現在，你可能認為是你的行為引誘了我，因為它是那麼極端，讓我因為一個無與倫比的愛的證明，再次感到自豪。那麼你就錯了。是你炙熱的言語讓我讚賞。我會在你向我告白後去你家找你，是因為你說了我一直想要聽的話。你當時嘲笑自己選錯場合、弄巧成拙，你說公開向我示愛是因為你必須那麼做，彷彿那是一件攸關生死的大事。因為我拒絕讓你生，你只好選擇死。但我不覺得你的行為是英雄，我反倒覺得很可笑。活著才能有愛。我不明白你的行為。我永遠都不會懂。那是極端、踰越的行為，讓我害怕。你讓我害怕。不過我不怕你的愛。你的愛不讓我害怕。

我想跟你在一起，看著你康復、歡笑。你成為我生命中重要的一個人。你喚醒了我，讓我走出人生的夢境，帶我進入真實的人生。

你還未吻過我的唇……

維多莉亞

這些文字喚起一些影像，讓他想起童年、渴求維多莉亞垂愛的那些日子。他任憑過往的回憶侵襲、撫慰了好一會，以便讓自己覺得好過一點。至少，重溫記憶可以讓他忘記他的問題、疑惑以及恐懼。

第二封信是一封列印出來的電子郵件，是二〇〇二年一月十七日寄的。

我的愛：

我愛你（不過我想我早已跟你說過了）。

我想你。媽媽說我應該帶你一起回家，但是我不確定這樣做好嗎。我要想辦法安撫我爸爸，他至今還為了我跟雨果取消婚約的事感到震撼。

我只是想告訴你，我在火車上一直想著我們的事，想了好久。我的結論是我們會是很完美的一對。這應該是肯定的，不是嗎？

記得檢查水龍頭、關燈和瓦斯（我喜歡交代這些話……像老夫老妻一樣！）。

明天見，我的王。

維多莉亞

他從這些字裡行間找回熟悉的維多莉亞，並且很高興從中挖掘出他錯失的兩人共有的默契點滴。

他隨後找到幾張愛的字條，那是女人給愛人的留言，留在清晨醒來的床邊桌上、浴室的鏡子上，或是在男人的外套口袋裡。然後是一封二〇〇三年十一月一日寫的信。

傑瑞米：

你不想談？不想聽我說？那麼我希望你閱讀此信。

我昨天想在你生氣前告訴你，你媽媽上周打電話給我。她想見我。一開始我拒絕了。你從沒跟我多說關於你父母的事情，而你跟我提過的少數事件也足以讓我不想認識他們。不過我喜歡自己判斷，所以我接受她的邀約。但這不是唯一的理由，而是因為你面對父母時的態度一直讓我覺得奇怪。我們相約在內歐咖啡館碰面。我不需要告訴你，那是你爸爸經營超過三十年的酒吧新改的店名吧。

你母親是個溫柔、害羞又聰穎的女人，一點都不像你向我描述的瘋婆娘！這麼溫柔的小女人怎麼會對兒子這麼兇惡呢？

以下是她說的版本：

儘管你父母的經濟不寬裕，你仍是個被疼惜、寵愛的可愛小男孩。酒吧不是很賺錢，他們必須很早營業、很晚休息，才能賺到供得起小國王（看，你從小就當王！）吃穿的錢。不過你們過得很快樂，直到你妹妹過世為止。你從此封閉在自己的世界中，鮮少說話、歡笑。你母親擔心你是為此怪罪自己。家裡的生活起居都是以你為中心來安排的。你與母親非常親密，你知道她無法對你說不，所以你濫用這種優勢。你越長大就越孤僻，很少出門，不是待在房間閱讀，就是獨自出門閒晃。她很快就發現你戀愛了。就像每一個憂心的母親一樣，她去翻你的東西，發現一些絕望的詩句，像是「我倆沒有明天」那一類的。當你決定搬出家裡，你父母很擔心你會完全孤立自己。你自殺前的六個月，他們就覺得你怪怪的；你不進食、不工作，也睡得不多。他們建議你去看心理醫生，但是你拒絕。你最後一次去看他們，是在你自殺前兩天。你當時眼神渙散，但是不願多談。他們都快擔心死了。你生日前一天，你母親打電話給你，要你隔天回家吹蠟燭慶生。你只是謝謝她。她覺得你聽起來比較開朗、歡樂些。你告訴她隔天將是一個大日子。她以為你的意思是你就要滿二十歲了……

得知你出事時，他們幾乎陷入絕望。他們趕到醫院，你還在昏迷中。可是你恢復意識後，卻拒絕見他們。他們還以為你是為自己的行為感到羞恥，還沒做好面對他們的心理準備。

就在你出院前，他們來看你。你一語不發，我記得，因為我在你旁邊。你母親不斷跟你說話，但你一直很冷漠、心不在焉。於是你父親生氣了。他們像是身陷夢魘當中，完全不知所措。你母親則是整天以淚洗面。

後來的發展我很清楚。你拒絕所有的接觸。你父親慢慢陷入憂鬱。他開始催眠自己兒子沒了，他應該為此哀悼。他甚至禁止你母親在家裡提到你的名字。

所以你母親想見我。她以為我該為此負責。我沒有把你的版本告訴他們，他們怎能理解？連我自己都不能。怎麼會搞出這麼多事，傑瑞米？你為了何事怪罪你的父母？我發現你的個性中有種危險的劣根性，三不五時會浮現出來，讓你變成一個壞人。如此對待自己的父母真是壞心啊！

一如往常，你根本不想談及此事。但是我們可以繼續自欺欺人、抹滅這一段過去、假裝一切都沒事嗎？我知道你可以。

我希望今晚回去時，我們可以討論。我把決定權留給你。

仍舊愛你的維多莉亞

傑瑞米幾乎看不下去了，他的眼中充滿淚水。這怎麼可能？他真的這麼壞嗎？為何只有當他帶著失憶症醒來時，他才變回一個理智的人、討人喜歡的兒子與慈愛的父親？多矛盾啊！只有在他狀態不好時，他才覺得自己很正常。

桌上還剩下一封信，他膽怯地拿起。這封信又會傳達什麼訊息？他還能承受嗎？信上沒有日期，筆跡比較不整齊，有些字被緊張地劃掉。

傑瑞米：

我知道你不喜歡我寫信給你，可是我沒有別的方式可以向你表達我的感覺。我驚慌得不知所措啊，傑瑞米。

因為我愛的男人不再愛我了。他不再愛他的生命、家人、家庭。你跟我在一起已經不快樂了。你只是維持表面關係，為了不想傷害我或避免爭吵。現實世界一不順遂你就逃避。在家裡，你呈現沒電的狀態，似乎若有所思。你在想什麼？我確定你不是在想兒子和我。

湯瑪不跟你說話了，他不稀罕你的愛了。你在家的時間那麼少，總是在出差，就算回到家裡也是一副累得要命、不想理人的樣子。你知道湯瑪在學校有很嚴重的問題嗎？他拒絕念書，但他明明就能念得很好。心理醫生說那是他懲罰我們的方式。他要懲罰你不在家，懲罰我無能把你留在家裡。你知道他每週看一次心理醫生吧？而西蒙，你關心過他最近的成長嗎？你有興趣知道嗎？

不是工作奪走了你對我們的愛，而是你利用工作來逃避我們。擁有我們對你而言已經不夠了，你不斷四處追尋快樂，彷彿我們的家庭生活已經無法提供你樂趣。你甚至可能在外面有了另一個女人，可能正與她過著像我們曾經度過的甜蜜時光。但現在的問題不是要追查出你是否有外遇，而是去理解你怎會變成這樣。我起先想到的是我該為愛情轉淡負責，但後來我拒絕怪罪自己。因為唯一不正常的是你。你虛構的童年、你的謊言、你失控的恐懼、你恰巧的失憶症……問題的癥結在於你不願面對。如果你不允許我進入你用來躲避他人的另一個世界，我也無法為你做些什麼。

然而我還是相信，我們可以挽救我們的夫妻關係。

維多莉亞

他恐懼的雙眼依舊在信上流轉，在字裡行間搜尋讓自己冷靜的理由。他感到一陣痛楚刺入胸口，維多莉亞，這個讓他活下去的原因，這個讓他自殺的理由，竟然威脅要離開他。

突然間，他聽見廚房傳來一陣碰撞聲，然後是一聲尖叫。他沒有馬上反應過來。但湯瑪驚慌地來到書房。

「你在等什麼啊？快點來啊！」

他的眼神吐露著恐懼，還有恨意。

傑瑞米彈跳起身。西蒙倒在廚房裡，失去意識。鮮血不斷地從手臂流出。

「他滑倒割傷了。頭大力地重撞到地板。」

湯瑪的聲音在顫抖。他看著傑瑞米，希望能聽到一些安慰的話。傑瑞米彎下身來查看西蒙。他跌在幾分鐘前傑瑞米掃到角落的玻璃碎片上，前臂有好幾處割傷。他的呼吸緩慢。

「他……他死了嗎？」湯瑪啜泣地問。

他站在父親身後等候他的診斷。

「別擔心。」傑瑞米平靜地說。

傑瑞米輕拍西蒙的雙頰，他睜開眼睛。

「沒事了，西蒙，一切都還好。你流了很多血，但是不要緊。我們要叫救護車。不過我要先幫你包紮止血。」

他拿了一條餐巾纏住傷口周遭，不確定動作是否妥當。

「爸爸，我好痛。」西蒙輕輕說。

小男孩看著他，一臉憂心。

「沒事的。」

他抱起西蒙走到客廳，湯瑪緊跟在後。他讓孩子躺在沙發上，拿起電話要打。湯瑪看著他，一邊緊握著弟弟的手。弟弟對他笑。

「沒關係的，湯瑪。爸爸說沒事的。」

「對，沒事的。」他哥哥說。

傑瑞米憂心地撥電話叫救護車。孩子流了不少血，即使包紮減緩了血流速度，血珠還是一滴滴染在包紮的餐巾上。

「這裡有緊急事件……是我兒子。」傑瑞米對著接電話的專業聲音解釋。「他的手腕割傷，在流血。他失去意識。我幫他弄了止血帶。我的地址？」

他結結巴巴。

「是的，女士，我不……我有點嚇慌了……我有……啊，對，我的地址……」

傑瑞米答不出來，覺得自己既可笑又脆弱。

「教士路九號，在第十區。」湯瑪冷冷地說。

傑瑞米向對方重複地址，然後掛上電話。

「我……我忘記了……他們幾分鐘後就會到。」傑瑞米尷尬地試圖解釋。

「爸爸，我好痛。」

西蒙的臉色此刻變得好蒼白。被汗浸溼的棕色鬈髮黏在前額上。

「醫生快來了。不要怕。」

「要通知媽媽。」湯瑪說。

「對，你說得對。但不是現在。等醫生到了再說。等我們多了解些狀況再通知她。」

父子三人陷入沉默。湯瑪依舊握著弟弟的手。傑瑞米則摸著他的臉。現實再度無情地向他襲來，他完全陷入緊張、恐懼、迫不得已的情緒中，此刻還多了濃濃的罪惡感。

我不是個負責的丈夫，也不是個負責的父親。我失憶症發作時對家人是種威脅，我恢復正常時又不配當個父親。

救護車的到來把他自灰暗的想法中拉了出來。醫生檢查西蒙的傷勢，湯瑪在一旁憂心地看著。

「他沒有失血過多。一條血管割斷了，可能還有一條肌腱受傷。我們得送他去醫院治療。你們要一起來嗎？」

「對，當然。湯瑪跟我要一起去。」

「我們要去哪？」西蒙虛弱地問。

「去醫院。我們陪你去。」

「我要坐救護車去？」

「對。」

「會有警笛聲嗎？」

「如果你要的話。」醫生回答，向他擠了個眼色。

「好酷喔。」

治療結束了。醫生要傑瑞米放心。湯瑪坐在長凳上雙手抱膝，頭埋在臂彎裡。一副冷漠而疏離的樣子。

傑瑞米在他旁邊坐下。

我明顯感覺到湯瑪不愛我。他在評斷我，給我打分數。我的每項行為都讓他失望，但他好像不算討厭我。他需要一個父親，並寄望我能扮演好我的角色。我該怎麼做？我能重新贏回他的信任嗎？但明天呢，我是否又會變回讓他質疑的父親？

湯瑪抬起頭，滿臉疑問。

「他沒事。他們幫他縫了幾針。」

「他會痛嗎？」他虛弱地問。

「不會，他現在在睡覺。」

傑瑞米拉著他的手，想把他拉近自己，但是湯瑪抗拒，開始抽泣。傑瑞米摟著他的肩膀，感覺到他還有點反抗。他堅持要摟他，湯瑪最終還是屈服。

「一切都沒事了。你真是一個小大人。我欽佩你的勇氣。你其實有嚇到，對不對？」

湯瑪一邊啜泣一邊點頭。

「但為了不要嚇到弟弟，你什麼都沒有表現出來，我以你為傲，兒子。」

聽到這些話，湯瑪困惑的把臉從父親的肩膀抽離，好看著他。

「是真的，我真的非常以你為傲。」

兩人就這樣相互緊緊依偎著。

我應該要愛他、保護他、鼓勵他。然而我還太年輕、太不成熟，無法扛起這樣的重擔。

一陣鈴聲響起。湯瑪站起來，他翻翻口袋，拿出一支行動電話。

「是媽媽。你跟她說？」

傑瑞米接過電話。

「維多莉亞？」

「傑瑞米？湯瑪人呢？我把電話留給了他。」

「他在我旁邊。」

「是嗎？你們在哪裡？」

「妳不要擔心……我們在醫院。」

「什麼？出了什麼事？」她幾乎是用尖叫的。

「是西蒙，他割傷了。」

「他割傷了？怎麼會？我的天啊！」

維多莉亞慌了。

「維多莉亞，妳冷靜點。我跟妳保證一切都沒事。西蒙很好。他們幫他縫合了傷口。他在休息。」

「他們幫他縫合……你在說什麼啊？他怎麼了？」

「他打破了一個杯子，之後又跌倒在碎玻璃上。他的前臂被割傷了，但是真的不嚴重。」

「你沒騙我？」

「當然沒有。」

他沉默了一下子。

「這都要怪我，維多莉亞……」

「我不管！醫生怎麼說？」

「我還不知道。我們還在等主治醫生的診斷。妳不要擔心。」

「我不要擔心？你有沒有說錯？我才離開幾小時，我兒子就在醫院裡！」

她一邊想著解決辦法一邊大聲說：

「我該怎麼辦？我沒辦法馬上趕過去。我人在三百公里之外，又沒有車。」

「妳想想辦法。西蒙一定會需要妳。」

他這樣說純粹是因為想見到她，但立刻就因為自己的趁人之危而有罪惡感。

「我要等到明天早上才有火車。我……我不知道該怎麼辦！」

明天？「明天」這兩個字對我而言已經沒有任何意義了！我見不到她！我又會再一次失去她。

他本想求她來，但是維多莉亞焦慮的程度讓他不敢多說。如果他裝可憐的話她會怎麼想？

「我兒子在醫院而我卻在這裡！他會吵著要媽媽！」她痛苦地說。

「不，他會睡覺。他若醒來，我會告訴他妳快回來了。」

她突然沉默。傑瑞米聽到她的抽氣聲。難道她哭了？她接著又說。

「那湯瑪呢，他還好吧？」

「他很勇敢。」

「你叫他聽。」

他把電話給兒子。

傑瑞米很高興能與維多莉亞通話。但不能在明天之前見到她，他感到非常失望。

掛電話之前，湯瑪看著他爸爸。

「媽媽，這不是爸爸的錯。那是意外。爸爸把我們照顧得很好……我再叫他聽？」

看到湯瑪氣惱的眼神，傑瑞米了解維多莉亞拒絕跟他說話。

湯瑪掛上電話，轉向傑瑞米，聳聳肩膀表示他無能為力。

「她明天就回來。」他安慰他般這樣說。

「她怪我，對不對？」

湯瑪垂下雙眼。

「我這一陣子對她不太好是吧？」

孩子不回答。

「我是有點迷失。你覺得呢？」

孩子對於現況肯定有他的看法。

「你有點兇……而且你常不在家。」

「我常加班？」

湯瑪點頭。

「你幾乎從不在家。媽媽說你都不管她了。」

「你覺得這是真的？」

「是的。而且你也都不管我們了。」

「你怪我？」

孩子搖頭。

「我會改進的，我向你保證。」

承諾才剛出口，他就後悔了。

我給他這樣的希望真是愚蠢啊！像我這樣的人，唯一會做的似乎就是帶給周圍的人不幸，包括我的孩子、太太、父親、母親……

「我們得通知爺爺和奶奶。」他對湯瑪說。「你有他們的電話號碼嗎？」

孩子訝異地看著他。

「我有，可是……」

看到湯瑪驚訝的表情，傑瑞米知道他又要再一次失望了。

「可是什麼？」

「沒事……我來打給他們。」

孩子沒有抬起頭來。

「奶奶？我是湯瑪……我在醫院。不是，我叫爸爸跟妳講，他會跟妳解釋。」

他把手機拿給傑瑞米。

「媽？」

「是……怎麼了？出了什麼事？」

傑瑞米聽到她的聲音時覺得心頭糾結。

他告訴她意外發生的經過，並要她放心西蒙的狀況。

「為何不是維多莉亞打給我？」她用較嚴厲的口吻問。

「她不在，去她爸媽家了。」

「她把孩子留給你？」她以嘲諷的口吻問。

「我想，我們有點吵架……」

「你想？」

「但是會沒事的。那妳呢？妳好嗎？」

「我好嗎？你會擔心嗎？你今天才想到？是因為你剛剛替你兒子緊張？救護車，醫院，讓你肚子打結的恐懼……真是夢魘啊，對不對？」

「是啊……」

「那種焦慮讓你重新回到現實，而現實是，你把你的父母給忘了。你將近六年不跟父母聯絡。今天你突然打電話給我，因為你覺得孤單、恐懼、不知所措。」

傑瑞米深受打擊。他無法忍受母親如此嚴厲地責備他。

「維多莉亞會回來找你嗎？」

「明天。」

「那請她打給我。」

「媽媽，我想……」

她已經掛電話了。電話突然掛斷的聲音好比一巴掌打在他臉上。

他閉上眼睛，眼淚快要決堤，這時他兒子跟他說話。

「她不高興？」

驚慌的傑瑞米不知如何作答，聳聳肩膀。

「媽媽說我們都知道自己錯在哪裡，但是有時我們寧可視而不見。」

「對，一直到忘記所有的錯為止。但是你可以給我你的意見。你可以全部告訴我。」

湯瑪先是遲疑，然後略帶歉意地回答。

「你從不去看爺爺、奶奶。你拒絕跟他們通電話。我們去他們家時，你從來不去。有時我們講到你，奶奶會哭。爺爺則說他沒有你這個兒子。他把你的照片統統拿掉，他不准我們在他面前提到你。所以，你如果想要和解，應該會有點難。但是這是可能的。你看我們倆……今天早上我還很討厭你，但現在……現在我們不是好一點了。」

兒子的字字真言讓他內心澎湃，哭了起來。

湯瑪用小小的手臂圍著他，抱緊他。

「沒事的，爸爸，沒事的。」

當外科醫生走過來時，父子倆都已昏昏沉沉快睡著了。醫生看起來就像電視影集裡演的那樣：堅決的眼神、迅速的步伐、半敞的醫生袍、捲起的袖子；神態間流露出他是那種一秒都不容浪費的人，一個面對病人很堅決、面對同僚很權威的男人。

「德雷格先生？」

傑瑞米起身。

「他的情況很好。其中一個傷口比較深，不過只會留下一個小疤。他今晚得留院觀察。他的母親呢？他吵著要媽媽。」

「她明天會到。可是孩子為何得住院呢？」

「怕有腦震盪。他畢竟曾一度失去意識。」

傑瑞米低頭看湯瑪，小心觀察他的反應。他以為醫生會對孩子說些安慰的話，但醫生卻沉默不語。

「我們可以留在這裡陪他過夜嗎？」孩子問。

「不行。」

「我們可以看看他嗎？」湯瑪堅持。

「可以。但是不能太久，他需要休息。」他說完轉身就走。

「混蛋！」湯瑪看著走遠的外科醫生說。

「嘿！不可以這樣講話！」傑瑞米對他說。

「我在學你講話。你有時講得更過分呢！」

他們回到病房，西蒙正半夢半醒地打瞌睡。他張開眼睛，對他們微笑。

「湯瑪！你剛剛在哪裡？」

「在旁邊。」傑瑞米回答。「兒子，你還好吧？」

「爸爸，你有看到我手臂上的膠帶嗎？」

「那不是膠帶，是繃帶。」湯瑪笑著反駁。

「才不是，這是膠帶！」

他的聲音很虛弱。他想動一動，想要講話，但是睡意開始襲來。

「你會痛嗎？」湯瑪問。

「不會，現在不痛了。媽媽呢？」

「她快來了。」傑瑞米安慰他，希望孩子在發現被騙前就睡著了。

「我們什麼時候回家？」

「這個嘛，你得在這裡待到明天。」傑瑞米握著他的手說。

「我一個人？」

「不，我們會等你睡熟了才走，然後你一睜開眼睛就會看到我們。」

「你保證？」

「對，我保證。」傑瑞米抓著他的小拳頭。

西蒙以眼神質疑他。

「你看！這是真正好朋友發誓要守信用的做法。」

他抓起西蒙的手，握拳，與他的拳頭相擊。

西蒙笑了。湯瑪走上前，做出同樣動作。父子三人交換了一個心照不宣的眼神。

「爸爸，現在我們就像朋友一樣是嗎？」西蒙問。

「對，甚至比朋友更好。」

傑瑞米感到身上泛起一股振奮的暖意，那是一股無形的連結的力量，超越了言語及一切，親密地串起他和兒子，加深了彼此命運的牽連。孩子們的成長過程中需要父親，他們渴望在父親的眼裡與心裡找到自己的定位。傑瑞米知道從此他的人生不僅只有維多莉亞，他有一個家庭，他必須為此負起責任。

但一想到無法確定能在未來的日子裡擔起責任，他不由得煩燥起來。

幾分鐘後，西蒙睡著了。湯瑪和傑瑞米坐在床邊繼續陪了他一會兒。然後湯瑪閉上眼睛，躺在弟弟身邊，向情緒極度緊張後接踵而來的疲倦感投降。傑瑞米就這樣看著他們，如此的沉睡、安寧、和睦。

他們是我的，是我的兒子，我深愛的兒子。但這屬於什麼樣的愛？記得曾聽一位宗教人士說過，一個人有連續三次自我建設的機會。首先是藉由父母的愛和幫助來成長。如果父母做不到，妻子會是他第二次的機會，讓他脫離輕浮、自私、不成熟的狀態。但如果妻子也沒辦法，那麼孩子就會是最後的浮木。要是連孩子的力量也沒辦法，那之後……他就徹底完了。可是我呢？我是怎麼利用我的三次機會的？我是怎麼回報所有愛我的人的？瞧瞧我，我是個不知恩圖報的兒子、不稱職的丈夫、糟糕透頂的爸爸。如果我眼下找不出解決的辦法，我就完了。我將被家人所恨，孤寂的走完一生。到那時我可得感激這失憶症的毛病啦，因為這樣我才能忘記這混亂的一切。不行，我得採取行動，想辦法變回原本的我，也就是現在的我。

電話響起，傑瑞米趕緊接起。他看看孩子，他們依舊熟睡。

「喂！湯瑪？」

「我是傑瑞米。」

「怎麼了？你聲音怎麼怪怪的。」維多莉亞憂心地問。

「我壓低聲量免得吵醒孩子。」

「你們在家嗎？」

「不，在醫院。醫生要西蒙住院觀察一晚，湯瑪在旁邊睡著了。」

「你不是跟我說不嚴重！」慌亂的維多莉亞打斷他的話。

傑瑞米把醫生的話重複了一遍，維多莉亞才冷靜下來。

「我好想跟他們講話。」她說。

「我好想妳。」

「這樣啊？」

她諷刺的口吻顯現出曾受過的傷痛，深深刺痛了傑瑞米。

「維多莉亞，我有話跟妳說。」

「現在不是時候，傑瑞米。」

他遲疑了。她跟皮耶一樣，不相信他。

「我得告訴妳……我又失去記憶了。」

她吐口氣，大為震怒。

「我拜託你，傑瑞米。」

「我知道。我跟皮耶提的時候他也叫我滾。可是我是真的又失憶了！對我而言，這是第三次。我是聽了皮耶和湯瑪的話，才知道我們之間發生的事，同時還多虧了我在書房裡發現的一封信。我擔心的不是失憶症，而是我行為舉止上的問題。就好像我身上存在著兩個人。一個是棄妻兒不顧、不願意見父母，只知道自私享樂的混蛋……另一個則是完全相反。但是這所謂的另一個我，只有在那個混蛋失憶的狀態下才會出現。」

「你就只發現這些嗎，傑瑞米？事實上，你身上存在兩個你。一個是我過去認識的你，一個是我剛剛才發現的你。」

「妳要相信我啊，維多莉亞！我求求妳！我快瘋了！」

「你早就把我逼瘋了。我太常相信你編的故事。」

「我病了，妳明白嗎？**我病了！**」

要不是怕吵醒孩子，傑瑞米早就大叫了。

「這點我不懷疑，傑瑞米。你是病了。」

「妳根本不想聽我說。難道我們的愛只剩下這樣了嗎？」

「別試圖用情感來打動我，傑瑞米。我早就明白，為了保持理智，我應該拒絕與你對話。孩子們已經失去了父親，我希望他們還有一個心智健康的母親。」

她的語氣轉為強硬。但傑瑞米依舊聽得出來她在天人交戰。

「真是難以置信，事情怎會變成這樣？我們竟然走到如此地步？」他悲嘆。「連湯瑪都覺得我今天不一樣了。」

「湯瑪需要一個父親。我則不確定是否還需要一個丈夫。」

「妳是我最後的機會。」

「不！」她用疲倦的語氣說。「我現在不想談這些！不想用電話談！更不想在經歷過這些事情之後談！」

「明天，就太遲了。」

「問題在於現在談是否就已經太遲。等湯瑪醒來，叫他打電話給我。再見，傑瑞米。」

傑瑞米親了親西蒙，再抱起湯瑪走出病房。他記得上一次這樣抱著這個小身體，是湯瑪還是小嬰兒的時候。他感受到相同的愉悅，一種身為人父、混合了驕傲與溫暖的占有感。

湯瑪睜開眼睛，睡眼惺忪地抬起頭看爸爸。他父親親了親他的前額。

「我們回家吧。」

湯瑪很快又睡著了。

當他走到街上，五月的微風輕撫著他的臉龐，他卻絲毫沒有心情享受夜晚的溫柔。

他伸手攔了一輛計程車。

一回到家，他就抱湯瑪上床睡覺。他感到一股興奮產生的燥熱感，在計程車上，一個念頭刺激了他，他不知道那是否是好主意，但他想放手一搏。

他很快地在書房裡找到支票本和皮夾，拿了鑰匙出門。到了屋外，他往街道走去，在一家招牌上寫著「攝錄影」的器材店門口停下。他是在計程車上看到招牌才想到這個點子的。他走進店內，來到錄影區。

「需要我幫忙嗎？」銷售員問他。

「我要買一台錄影機。」

「您有喜歡的機種嗎？」

「我要這一台。」他指著一台機器說。「直接告訴我怎麼操作。」

湯瑪睡得很沉。傑瑞米打電話到醫院，一位護士告訴他西蒙睡得很安穩。接下來他開始安裝、調整攝影機。這些裝置花了一些時間，他覺得很疲累。

他坐在扶手椅上，影像顯現在錄影機的螢幕裡。他又檢查了自己在螢幕上的位置是否居中，然後按下錄影鍵開始錄影。

「維多莉亞，這捲帶子是要給妳的，它或許可以解決我們的問題，我真心地希望著。我是如此害怕失去你們母子三人。

「首先我要說明我所經歷的事。

「我在二〇〇一年五月八日、二十歲生日那天，因為太過愛妳而企圖自殺。今天，我承認這個行為很愚蠢，即使很諷刺的是，自殺反而讓我贏得妳。

「二〇〇二年五月八日，當我睜開眼睛，妳躺在我身邊。好一個驚喜！我自認是自殺後首次醒來，但真是好大的震驚，我竟不記得與妳共度的一整年時光。這麼重要的一年就這樣沒了！

「那天晚上我們去醫院。妳離開病房後，我開始覺得疲憊，四肢逐漸麻木。我以為我睡著了，但是沒有，那已經超出了疲憊的程度；我動彈不得，呼吸困難。而在我附近……妳可能很難相信，但是……我旁邊真的有一個人在禱告——一個留著白鬍子的老人。我好怕，真的好怕。那感覺既不真實卻又好清晰。他背誦著猶太葬禮讚歌，充滿虔誠與絕望。」

對老人的回憶擾亂了他的敘述，他沉默了一會。他知道再過不久必然又得重新面對同樣的場景，而這一點讓他感到恐懼。他趕走這個念頭，繼續說下去。

「等我再次醒來，已經是二〇〇四年五月八日。兩年就這樣飛逝了！有個嬰兒躺在我旁邊，我卻不認得他。妳能想像我的驚訝、惶恐及不安嗎？由於情況太不尋常，我很快就放棄從生病的腦袋裡找尋合乎邏輯的答案，畢竟就像我媽常說的『工欲善其事，必先利其器』。我媽……」

他苦澀地微笑。

「發現自己竟然做了這麼多傷害父母的事，對我而言是多麼痛苦啊！我對他們的愛是無窮盡的。當然，我的自殺行為不是一種愛的表現。但最令人難以置信的，是我自殺獲救後的態度：我竟能如此殘酷！當我見到媽媽，我才明白她因為我變得多不快樂……還有爸爸，他沒有來，他不想再見到我……我當時還以為得知所有的一切後，我就能為自己贖罪來彌補過失，我就會改變，我就能重新贏回他們的愛。」

他的聲音哽咽，深深地吸了一口氣後繼續說。

「那天晚上我躺下來休息，打開妳送我的小《聖詩集》。坦白講，我不明白妳為何覺得我一定會喜歡這份禮物。我向來對宗教類的東西不感興趣。妳當時人在廚房裡，我才讀了幾首詩就開始頭暈，甚至不止這樣，這本書簡直讓我心緒不寧、讓我陷入無法掙脫的不安感；我又感受到跌入深淵的感覺。同時，我再次聽見了輕柔卻更充滿力道的祈禱聲。老人又出現了，他整個人專注在祈禱中，雙眼緊閉，每講一個字就比一次手勢。他是怎麼進屋的？我想叫妳但是喊不出聲。我好驚慌啊。後來我就昏過去了，獨留妳一人面對那個老瘋子。」

他痛苦地說完，聲音越來越弱。

「妳看，我現在開始覺得不舒服了。呼吸變得更困難，四肢開始麻痺。我在冒汗。可是我要講完。」

他緩緩地呼吸。

「當我醒來……已經是……今天早上。對這六年來的事我沒有絲毫的記憶，我到現在才認知到我人生新的現實層面。

「從好的方面來看，我發現我又多了一個小兒子，看來我只有這件事做得好。

「至於壞的方面，則是罄竹難書：妳離開我，妳不愛我了；我的大兒子討厭我；我的父母放棄我；我最要好的朋友再也不為我著想。這一切都是因為我像個混蛋般對待我愛的人。多麼反常啊！而更寡廉鮮恥的是，我還假裝以失憶症為藉口！」

他覺得自己越來越無力，必須設法集中注意力。他必須結尾！他充滿決心地盯著鏡頭看。

「維多莉亞，妳要相信我！我不是在假裝。我不明白我怎麼了。無論如何，請妳做以下我要求妳的事。

「我病了，維多莉亞，沒有別的可能。這是一種人格分裂或是一種精神異常？我不知道。所以我要求妳把我關到精神病院治療。妳可以用這捲錄影帶和我放在書桌上的一封信，來指證我的病情。

「明天，如果我又變回那個摧毀我自己和我們人生的人，我一定會反對被關進精神病院。妳就用這兩項證據來反制我。妳一定要這麼做，我求妳！如果妳已經不相信我們的愛，至少為我做這件事。我不能再繼續過這噩夢般的人生。此外，妳尤其不要相信我到時對妳說的話。我是個騙子。」

傑瑞米癱靠在椅背上，此刻的他或許已經沒有對準鏡頭，不過他不在乎了。他已經把想說的話都說完了。但交代完一切的滿足感沒有持續很久，恐懼感又淹沒了他。一種近似驚惶的強烈不安令他窒息。他快死了，他再次見到噩夢中的老人。

「維多莉亞……我要睡了。」他喘著氣說。「妳看，這是我給妳的……愛的證明。我這麼做是為了妳……為了孩子……也為了我父母。傷害你們的是……一個瘋子……不是那個……你們愛的人……」

他突然跳了起來，把頭轉向右邊。

他說的話現在幾乎聽不到了。

「我聽見了……維多莉亞……禱告聲……來了……就在我面前……」

他像個孩子似的哭泣。

「他來了……維多莉亞……我怕……我好怕……又是死亡祝禱……為什麼？……為什麼？……您想要怎樣？……他到底想要怎樣，維多莉亞？……我瘋了……維多莉亞……瘋了……我……愛妳……」

第五章

那是一間小公寓。只有一個小房間，簡單的家具，一個小廚房。白色的牆毫無裝飾。傑瑞米對這異常雜亂、骯髒的地方感到驚訝。他瞇著眼睛看，看到一堆衣服散落在他旁邊的床上，甚至地上；矮桌與地毯上還有吃剩的披薩、髒的杯子、小啤酒瓶與其他酒瓶，紙盤上還有掐熄的菸蒂……他覺得透不過氣來。他的不適並非因為身處在狹小房間，也不是因為環境的凌亂，而是意識到在這新的一天的早晨裡，他身處異地，遇到新的狀況、新的問題。他想再度睡去逃避現實，這時卻在食物與菸味交雜的噁心味道中，嗅到女人的香水味，一股濃郁又嗆鼻的香味。床單褶縫中露出了蕾絲的一角。一看到黑色胸罩，他嚇了一大跳。他坐在床邊，把頭埋進雙手裡呻吟。

這不是我家。我和一個女人同床，但不是維多莉亞。因為這不是她的香水味，她的香味是我靈魂印記的一部分。

他想大喊但是忍住。他現在已經有過面對考驗的經驗，他知道自己不能失去理智。

他必須懷著耐心與逆來順受的心情來度過這嶄新、恐懼的一天。

我要假裝自己是在夢裡，一個我毫無能力左右的夢境。我處理每件事情都要冷靜、逆來順受、順勢而為。這樣也許會有好的驚喜也不一定？他看看左手，發現自己還戴著婚戒就放心了。

她有把我送進精神病院治療嗎？如果有，那表示我沒有被治好。她在哪裡？我們之間的情況變得怎樣了？

他想起湯瑪、西蒙、還有醫院。他的記憶能回溯到哪些片段？

他起身打開衣櫥。裡面有幾件西裝、十幾件襯衫、兩雙鞋子。衣櫥底部堆滿紙箱。他正要翻看的時候，一個女人的聲音嚇到了他。

「你要找什麼？」

他轉身看到克羅蒂，她面帶微笑，兩頰紅紅的，剛從門口走進來，手上拿著一條棍子麵包和一袋維也納甜麵包。

他沒回答，整個人嚇到呆住。

「你幹嘛這樣看我？我嚇到你了？你好像一個在翻爸爸口袋的小孩被逮到似的！」

她笑著說完後走向廚房。

「我要趁你在翻戰利品時去準備早點。你慢慢來吧，要整理那堆東西可不容易……」

傑瑞米依舊蹲著發楞。

不！不可能！不會吧！不會是她！

他終於站起身，坐在床上。她又回到房間。

「我在加熱咖啡。等一下我會來整理一下。昨晚可真熱鬧不是嗎？」

他沒回答，心裡既悲傷又恐慌。

「好吧，我看你還沒完全恢復。你要按摩嗎？」

她走到床邊，在他身後的位置坐下，推了推他，要他趴下。

「來，放輕鬆點。對，就這樣。你好僵硬喔！」

傑瑞米任憑她擺布。他既無意願也沒力氣反抗，感覺自己像個荒誕故事裡的線偶。

她跨坐在他的臀上，手指在他背上游移。

「昨天醉得最厲害的是布諾。」她說，「他說了一堆蠢話！說真的，他那智障大男人的笑話，我一點都不覺得好笑。我跟你保證，這傢伙鐵定有性慾方面的問題。他竟以為可以憑他低級的幽默和滿口的酒臭把希樂薇釣上床？當然馬上就碰了一鼻子灰！希樂薇可是使出渾身解數要設法勾引英俊的查理。可惜這位老兄自從轉性以後，就再也不對女人感興趣了。我以為一個會吸引男同志的男人，在過了二十多年活躍的異性戀生活後，要轉性至少也是變成雙性戀，因為他之前可是一見到女人就想上的色狼。結果不是！他現在只愛男人。你覺得舒服點了吧？喂，你至少回答我一聲吧！」

傑瑞米根本沒在聽克羅蒂說話。整個人呆掉的他無法起身。他多希望她能閉嘴、消失。

她貼著他的背躺下。

「你要我給你來個貼身服務嗎？也許可以找回你潛藏的……熱情喔。我可不想像昨天一樣草草收場！」

她吻起他的脖子和背部。

這幾個吻激起他的反感。他突然翻身，克羅蒂跌落在他身旁。

「妳給我起來，滾開！」他一邊起身一邊對她大喊。

她驚訝地看著他。

「你在開玩笑嗎？你是不對勁還是怎樣？」她問話的聲音充滿驚訝與憤怒。

「出去！」

「你怎麼了？你病了？是因為我說你昨晚不行？我只是在開玩笑……你不過是喝醉罷了……畢竟，我可是熟知你的……」

「出去！」

嚇壞的克羅蒂往後退。然後因為氣憤自己受辱，她起身面對他。

「喂，你以為你是誰啊？」她氣得大喊。「你以為你嚇得了我啊？你以為你可以玩弄我嗎？我可不像你從酒吧裡撿回來的那些小賤貨，付了錢就可以任你揮之即來、呼之則去。」

傑瑞米懶得回應。這爭執的場景跟他一點關係也沒有。克羅蒂把他的沉默當作一種示弱。

「我瞧不起你，混帳！」她輕蔑地對他說，「我走了。你老婆說得對，你瘋了！沒錯，你不過是個可憐的神經病！你不要打電話來求我原諒。這一次，我不會再回來了。」

她摔門走人。

傑瑞米倒在床上。

我背叛了維多莉亞，我搞上了皮耶的女人。我全盤皆輸。全完了。我沒有變好。我的計畫失敗了。我沒有被治好。我病了。我瘋了。我瘋了。

他大聲吶喊，拿起擺在桌上的杯子，用力往牆上摔。

我瘋了，我瘋了。他啜泣，整個人崩潰在床上。

他聽見咖啡壺溢出的聲音，聞到滾燙咖啡的香味。

他感到與前幾回醒來時同樣飢餓。但是相較於他身陷的悲劇，那已經不要緊了。

不久，一個迂迴的想法讓他苦笑。

我好悲慘。但再仔細想想，我不過是在意識到自己的病情時，偶爾不幸幾小時罷了。在我大部分的人生中，我是個幸福的人。儘管是個混蛋、糟糕的丈夫、不稱職的父親，卻還算是個過得不錯的人。我還有什麼好不滿的？我只要等這一天結束，就可重拾放蕩的生活。

但事實是，他永遠無法接受這樣的狀況。他要搞清楚。不清不楚是一種折磨。他的腦海裡已經浮現了幾個點子。

他走向衣櫥繼續進行調查。在一個紙箱中他發現了一些文件，其中一個卷宗上寫著「離婚」的字樣，他的心開始怦怦跳。

他打開後看到一封二〇一二年一月四日的律師來函。

如果我的神智總在某年的五月八日恢復的話，我距離上一次失憶至少有兩年了。他一邊翻閱法律文件一邊自言自語。

……傑瑞米德雷格先生離家至今超過六個月。自此，他再也沒有孩子與妻子的消息……

如果德雷格先生真的支付一萬歐元給妻子，那也是因為訴訟的結果……

……德雷格先生在巴黎聖安娜精神病院接受長期治療。這項入院治療的措施是應他的要求（請見第三號與第四號附件），因為他出現重大的精神混亂。在他入院這六個月期間，負責治療、追蹤的醫生提出了具說服力的報告，報告中明確指出，德雷格先生罹患一種罕見的精神疾病，出現了人格分裂的現象……

報告中同時指出德雷格先生極度聰明，也善於利用這份聰明來操控周遭的人……

……德雷格先生於二〇一〇年十月二日因為病情重大好轉而出院，但前提是得做後續的追蹤治療……

……治療期間一直陪伴著他的妻子，非常熱情地迎接他出院……

……兩週後，德雷格先生停止服藥。於是他又恢復舊有的習慣：晝伏夜出、酗酒、使用語言暴力……

接下來的信件詳細記載了維多莉亞提出的離婚程序。

傑瑞米非常沮喪。他的噩夢成真，變成了悲劇。

他們的故事結束了，維多莉亞不要他了。不過，這些信件中唯一正面的訊息是：她相信了他的話，並試圖與他共同對抗病魔。只是後來她不得不放棄。而現在，她要對抗的是他。

她接我回去，她還期望看到我變好，證明她當時還是愛我的。對她而言，看到我又再度掉入這瘋狂的深淵是多麼殘酷的打擊啊！她一定很難過。還有孩子們！他們一定很恨我。

突然，他聽見一陣敲門聲。他第一個反應是去開門，但在轉動門把時他猶豫了片刻，想著這下子又會發現什麼？

他最後聽天由命，把門打開。

「終於開了！你在睡覺啊？」

一個年輕人靠在門框上喘氣。他穿著褪色的牛仔褲、印有「be mine」英文字樣的T

恤和銀色的籃球鞋。他頭髮很長，棕髮裡夾雜著之前染髮的殘留色。他走向床鋪倒在床上，伸長四肢仰躺，看著天花板。

傑瑞米動也不動地站在打開的門前。

「你不會關門啊！你要呆站在那裡多久？」

傑瑞米溫順地乖乖照做，倚門站著。

年輕人還在喘氣。

「媽的！你絕對猜不到發生了什麼事！我被警察跟蹤。他們一定是聽到風聲！」

他用手肘撐起身子好方便說他的經歷。

「當我很酷地走出我家時，（嘿，雖然我說酷，其實我有點掛啦，因為昨天在你的慶生會玩得超凶。）我立刻就覺得苗頭不對。這是我的第六感。所以我就看了看對街，果然看見有輛車上坐了兩個男的。媽的，只有條子才會兩個人坐在車上等！那些白痴難道搞不懂，兩個男的坐在一輛車子裡馬上就會露餡嗎？所以啊，我立刻想到：『馬可，那是來找你的。』但是我沒慌，我一邊酷酷地走著，一邊想最好的脫身辦法。」

他越講越興奮，突然起身模仿當時的情況。

「媽的，我身上可是有價值五萬法郎的古柯鹼！你能想像嗎？我告訴自己沒時間浪費了，因為這兩個人可不是為了來查我的證件，他們一定是來堵我的。我告訴你，他們有線報。我感覺他們在我身後發動車子。這時我告訴自己機會來了。他們開車我走路，你懂我的意思嗎，老兄？我們是在蒙馬特！你瞭了嗎？在那種小路你要怎麼開車？他們一定以為我會慢慢開自己的車，然後他們就能跟在後面看我和誰碰頭。真是愛作夢的警察啊！於是我右轉，衝下聖心堂的下坡道。兩百三十七階台階！這可給開車的人苦頭吃了！我衝下階梯後，就鑽進一條熟悉的小巷。我猜這時候他們應該才剛從車子裡出來。他媽的真蠢！」

他歇斯底里地大笑，一邊搖頭一邊看著傑瑞米，等待他的反應。

「怎樣？你連句話都不說？你別擔心，事情已經過了好一會兒。我確定沒人跟蹤我到這裡。」

他重新在床上坐下，表情變為沉重。

「好了，事情是這樣的，我要拜託你一件事情。只有你可以幫我。你是個講規矩的人，你夠朋友，對吧？還有，你不會出賣我，至少不會為了錢出賣我，錢你有的是，不是嗎！」

他繼續垂著目光，等著傑瑞米給句鼓勵的話才要繼續說下去。傑瑞米無法僵在那裡一句話都不說，也不能坦承他完全聽不懂，甚至根本不認識這個人。

他決定跟這個年輕人玩下去。他應該會有時間考慮下一步。

「你要我怎麼做？」他心平氣和地問。

「是這樣的，我不能帶著古柯鹼回去。如果被他們逮到毒品，我就完蛋了。所以……我想把貨留在你這裡，然後我回家去。如果他們還在，他們會把我抓起來盤問。他們鐵定有辦法讓我開口。但在坐牢和面對史塔科的手下之間，我發誓我寧可選擇去吃牢飯！反正只要我說不出所以然，身上又沒毒品，他們把我拘留幾天就得放我走。我會叫史塔科派他的手下來找你拿古柯鹼。」

「我為何要幫你這個忙？」

馬可一臉驚訝。

「為啥？因為你是我麻吉。因為你跟神經病關在一起時，我幫過你好幾次。這夠清楚了吧。」

傑瑞米還沒回過神：他和毒販往來！他是他們的朋友、同夥。

他全身微微顫抖，他想笑。那種應該會笑到哭出來的苦笑。

「好！可以。把……古柯鹼留給我。」他說。

「你真是個男子漢，阿傑，你真酷。」

傑瑞米聽到這個暱稱笑了。他演活了這個新角色。毫無可取又荒誕可笑。

年輕的毒販伸手到T恤底下拿出兩包白粉。

「你可以嚐嚐，品質超好。但你可別發瘋，不要還給我時只剩下一半，或是用我的名義來開轟趴，聽到沒？不然到時你可得自己去跟史塔科算帳。」他一邊說一邊貪婪地看著他的貨。「媽的，這可是價值五萬法郎的貨啊！」

他突然起身。

「好了，我閃了。」

他站直把兩包東西交給傑瑞米。

「你收好，不要亂放。這裡進出的可都是同類。明天就會有人找上你了，一個史塔科的人。喔，對了，為了讓你確定真的是他的手下，他會問你知不知道里昂足球隊與巴黎聖日耳曼足球隊的比賽結果。」他歇斯底里地笑著說，「我超愛的，這是爛片裡的老招了。」

年輕人把門關上走了，傑瑞米覺得自己異常孤單，身處在一個逕自運作不容他插手的故事裡，他偏偏是其中的受害者。

在一團混亂的腦海中，他相信自己有一部分的理智還在運作。他知道神智還靠著鬆弛的纖維勉力撐著。他的時間不多了，只剩下幾個小時。他只有幾小時清醒的時間來解決混亂好幾年的問題。他不能沒有奮戰就失去維多莉亞與孩子。他必須整理思緒，重新拾回自己的人生，並從中找出線索。他曾有過某種直覺，他得追蹤著線索走下去。最終的結果不是找回自己，就是迷失自己。

現在他站在一棟建築物前。憑著記憶中西蒙受傷那天湯瑪給他的地址。

他先在走廊上踱步猶豫了一會，才決定去按電鈴。

「誰？」

儘管對講機傳來的聲音不清楚，他一聽就認出那不是維多莉亞的聲音，而是一個年紀比較大的女人的聲音。

「我要找維多莉亞。」

對講機那頭的人似乎思索了幾秒鐘。

「她不在。」

「我要找她。她在哪？」

「我不知道，再見。」

「等一等！」

通話被切斷。

傑瑞米很懊惱沒有公寓的鑰匙。維多莉亞一定是叫他歸還了。

他拿了在房間裡找到的手機，從通訊錄裡找號碼。除了克羅蒂和皮耶之外，其他人他都不認識。最後，他終於找到維多莉亞的手機號碼。

電話響了五聲之後轉進語音信箱。維多莉亞無憂無慮的留言聲讓他難過，讓他想起前幾次醒來的畫面以及他們在一起的幸福時光，一切是如此歷歷在目。

他深吸了口氣以平息情緒，留下一個合理、具說服力的留言。

「維多莉亞，我是傑瑞米。我打給妳是因為妳是唯一能明白我的情況的人。我又發作了。這次發作讓我了解到我犯了多可怕的錯。我知道妳還會相信我，就像上次妳聽從我的建議把我送進精神病院一樣。我也知道那沒有效，因為我沒有繼續接受治療。我看了妳律師寄來的信。我不知道妳現在對我還有多少感情，也不知道妳是否還願意幫我。我只要一個解釋。我想知道我錄完影片後第二天到底發生了什麼事，我也想拿回錄影帶。我很抱歉我對妳造成的傷害。回電話給我，或是來找我，我只想談談而已。我在我們家對面的咖啡店。應該說是妳家。我會等妳。別讓我失望。」

他知道維多莉亞會給他一個訊息，她不會放棄他，她會分辨出那個傷害她的壞蛋與原本的他——她愛的他，她會明白他們倆都是被同一個人荼毒的受害者。

他走進門面老舊的小酒吧，在面對街道的位置坐下。他的思慮驅使他在雜亂的影像與文字中看出幾個邏輯相關的片段。或許這條路是錯的，但還是值得試著走走看，至少有一線生機。

他點了一杯咖啡。老闆端來時不客氣地說：「來了，德雷格先生。」顯然，他不是個受歡迎的客人。

傑瑞米環顧四周。這個世界不在乎他的悲劇。一對安靜的老夫妻在思索這新的一天要怎麼過。一個金髮女學生被咖啡燙到舌頭而咒罵。一個發呆的女人把目光投射在家具上反射的影像，無疑是想起甜蜜的回憶而微笑。在櫃台前的男人四處張望，臉上掛著怡然自得的樂觀表情，想與另一位客人攀談。一個女人漫不經心地盯著她的白酒。一個穿著西裝的上班族正專心地看著體育報。

他覺得自己像是隱形的觀察者，懷念著已經不屬於他的日常生活。

他依舊不知道自己是在哪一年醒來。儘管這對他沒有多大用處，他還是很好奇。於是當他看到木頭報架上掛著當天的報紙，便起身去拿了一份。

二〇一二年五月八日。他毫無情緒起伏地記下這項資訊，然後翻閱文章。他肯定再也不屬於這個世界。

兩小時過後，一輛計程車停在咖啡店前。司機走進來問老闆：「這裡有一位德雷格先生嗎？」

老闆用頭向他示意傑瑞米坐的那一桌。

「您是德雷格先生嗎？」司機問。「我有個包裹要給您。」

傑瑞米突然激動起來，只有她知道他在這裡！

「您是從哪裡來的？誰派您來的？您去哪裡取這個包裹的？」他焦急地問。

「我不能回答您。」司機帶著懷疑的表情說，「我只負責送而已。如果包裹上沒有寫送件人，我就不可能透露。」

「告訴我您是從哪裡來的！」傑瑞米大喊，一邊猛然起身。

「喂！喂！您別用這種語氣跟我講話！」

傑瑞米後悔自己反應過度。他盡力放鬆牙關，柔和臉部表情，降低音量。

「對不起。因為事關我太太和小孩……我們吵架了……我想見她，跟她說話……」

計程車司機降低警戒。

「好吧，可是派車中心交代我不能說。這是應顧客的要求與規定，規定就是規定。我不能為了夫妻吵架而危急我的工作。好了，祝福您有個愉快的一天！」

傑瑞米猶豫著要不要站起來，再追上去詢問他。他只想見見她，遠遠地看著她。可是他不得不尊重維多莉亞的選擇。

他迅速拆開包裹，裡面是一封信和他兩年前錄製的錄影帶。

傑瑞米：

這封信是寫給那個我愛過、失去的人，或許正是現在的你，傑瑞米。如果你正處於偶發性的真誠的狀態，你會了解我的話。如果不是，你會覺得這封信很荒謬，甚至你肯定會嘲笑我，笑我的謹慎，笑我的恐懼。

我不想與你談話，也不想見你。太難了，傑瑞米。你知道，就連寫這封信對我都是一種考驗。我到底是在寫信給誰？我該說什麼？得要告訴你什麼？我應該坦白嗎？你明天又會怎麼看這封信？你會用它來打離婚官司嗎？你會為了證明我是個瘋女人而這麼做。所以你看，我用電腦打這封信，而且我不署名。我必須先做好防備，不是為了打擊你，因為你永遠比我強，而是為了保護我自己。

我不能再這樣過下去了，我無法再承受你的精神異常。你聽了一定會難過，因為現在的你，並不知道我們發生了什麼事。你只記得我們幸福的時光以及生日那幾天的特殊日子。你連你的孩子都不認識。

我最後真正的寄望是這捲帶子，傑瑞米。在看了影帶、讀了你的信之後，我既對你交付的任務感到害怕，又因為知道我愛過的那個人還存在於這張惡魔面具背後而感到高興。

於是你錄完影帶後的第二天，我著手處理送你入院治療的程序。你粗暴地反對。你不記得錄過錄影帶也不記得寫過信。我只好向法院要求在違反你意願的情況下讓你住院治療。醫生們花了很多時間治療你，他們在臨床上沒有見過你這種情況。然後，我開始相信你會好起來，可以重新恢復幸福的生活。你接受治療，又變得講理、專注、慈愛，所以我同意按照你的要求，讓你回家療養再做後續追踪。醫生也覺得這樣對你比較好。你回到家，孩子和我都抱持希望。你該看看他們黏著你、對你微笑、再微小的要求都回應你的模樣。尤其是西蒙，因為湯瑪就算好奇，他依舊維持防衛的姿態。我們重新學習成為一家人。然後一切又重新開始，慢慢一點一點地，直到地獄再度出現。一個比之前更可怕的地獄，因為它的火焰舔拭我們才剛結疤的傷口。

我這時才了解你是在耍我們。你的微笑，你的甜言蜜語，你那好爸爸、好丈夫的形象，都是為了暫緩衝突，讓你有時間可以在別的地方重建人生。真是一場可悲又殘酷的鬧劇啊！一切變得比以前更糟。直到我們開始怕你，聽到你的聲音就發抖。我竟然害怕我孩子的父親！我的孩子也同樣怕他。「他吃藥了嗎？他又要說什麼謊話？他今夜會回家嗎？他會大吼大叫嗎？」傑瑞米，你迷失在精神異常的狀況裡，你既聰明又脆弱，既果決又焦躁，既暴力又沉默。你有時會在孩子面前「推」我。我沒想到我們會到這種地步。

所以，如果今天我對話的對象是神智清楚的傑瑞米，我要提出一個很難做到卻必要的請求：請不要再來找我。你病了。想辦法醫治你自己，但請把我逐出你的生命。這是為了你的孩子好。對不起，傑瑞米，我不得不以他們為重，我必須保護他們。我已經竭盡了所能幫你走出噩夢，但是我失敗了。我不要再嘗試了。我再也無能為力了。

他往兩年前買錄影機的商店走去。胃裡灼熱得像有股火在燒。他在離開酒吧前把信讀了一遍又一遍。他可以體諒維多莉亞，他不怪她。她寫了信，把錄影帶送來，這已經是種鼓勵了。她向他暗示：如果你是你宣稱的那個你，那你就試試看，救救你自己。

我迫害他們！我在孩子面前虐待維多莉亞！我害他們不快樂！我要停止這一切。我應該要了解、重掌我的人生。

他走進店裡。店員一看到傑瑞米就往後退了一步。

「您認得我嗎？」

店員害怕地躲在櫃台後面，稍稍地向後退，彷彿準備要閃躲。

「是……是的……當然認得。您要知道，我沒做壞事。有人要我寫信證明是您來買錄影機和錄影帶。我只是實話實說。我不知道那是做什麼用的。我向您保證。」

「是，您做得很好，我……」

「我做得很好？」店員睜大眼睛問。「我做得很好？您上次來的時候可不是這麼說的！」

「我現在需要看這捲錄影帶。」傑瑞米突然打斷他，讓店員又嚇到全身僵硬。

「跟我來。我們有視聽間。」

他一個人在一個小包廂裡。店員啟動播放機後，就輕輕地帶上門走了。

看見自己出現在螢幕上時，傑瑞米覺得自己老了、一臉疲態。經過了兩年，現在的我不知道又變成什麼樣子了。

他的發言一開始很清楚，言語間雖充滿濃濃的情感，但仍表達得很有條理。然後影片播放到他開始喘不過氣來的畫面，他的身體於是又開始感覺到那種窒息的痛苦，他很驚訝自己吞嚥與呼吸時都要更用力，彷彿與帶子裡的影像感同身受一般。無疑地，今晚，這些症狀又會再次出現。

接下來進入到他最期待的片段。

他緊盯著螢幕看，被自己因為恐懼而扭曲變形的臉嚇到。那是一種很明顯、極端的恐懼。他看著自己顫抖，眼中滿是淚水，一邊打嗝一邊喘氣，發出沉重又尖銳甚至刺耳的聲音。

我聽到了……維多莉亞……禱告聲……又來了……就在我面前……

然後就沒有畫面了。可是他很確定，那個老人當時在他身邊。可是從影片中他聽不到、也看不到他。

維多莉亞會怎麼想？我向她提到一個不存在的人。可是她卻相信了我。她一定難過得流淚，為自己愛過的人瘋了而傷心。

他賭輸了：他本來天真地希望老人和他悲傷的禱告聲有被錄下來，但是在接下來的畫面中，他只看到自己在睡覺。

他之前曾經試圖從他的故事中抽絲剝繭，好從中建立一條出路、理出一個頭緒，藉以解釋自己的噩夢。他向來仰賴直覺勝於邏輯事實。他剛剛所看到的影像更使他確定應該憑直覺行事。

當他要拿出影帶時，他從螢幕上看到自己的頭慢慢倒向一邊。那應該是睡覺時的動作。可是幾秒鐘之後，他的頭又倒到另一邊。然後不斷重複，又一次，但速度加快。然後就這樣規律地轉來轉去。這時傑瑞米聽見低語聲。他調高音量，但只聽到很大的噪音聲。螢幕上他的頭盪來盪去，臉上出現奇怪的表情。一種恐怖的表情！一種痛楚的表情。像是受了極度的痛苦。低語聲越來越大聲，但依舊含糊聽不清楚。他的臉變得越來越不像人的臉。突然間他大叫一聲：「不！神啊，不要！」那驚恐、痛苦的叫聲是他不曾聽過的聲音。然後他的臉放鬆下來。

這景象讓傑瑞米像是被催眠似地動也不動。那是他的叫聲，他也感覺到那種痛苦。他對當時的情況沒有清楚的記憶，但是痛苦的感覺在他身上起了共鳴。他沒有從影片中看出什麼明確的東西，那可能只是一個病魔纏身的人在做噩夢。不過，他現在確信他的直覺是正確的。

店員探頭進來，表情顯得不耐。

「是您在大叫嗎？這店裡還有別的客人啊！您看完了沒？」

傑瑞米起身，一語不發地出去，讓店員一頭霧水。

他在人行道上停下腳步，看著接近傍晚時街上的喧囂熱鬧。

要去哪裡？從何開始？他得好好想想、休息一下。他往咖啡店走去。

老闆搖搖頭，看到他又來了很不高興。

「您要喝什麼？」他問。

「一杯薄荷茶。」

酒吧老闆停頓了一下，然後嘆口氣走開。

「別理他，他是神經病。」

在他右手邊的桌子，一個女人悲傷地看著他。她留著沒有光澤的淡金色頭髮，下垂的眼皮下藏著幽暗的眼神，豐厚的雙唇張開時露出被香菸薰黃的牙齒。她顫抖的指尖夾著一根菸，她把菸移到嘴邊深深地吸了好幾口，立刻又緊張地吐掉。

她整個人看起來像是放棄了一切，彷彿她放棄對抗所有幻想的破滅，放棄對抗衰老。傑瑞米對她微笑。

「您在等人？」她問。

他不知如何回答。

「我剛剛看到您收到包裹、讀信、哭泣。我不常看到男人哭。我都是被男人弄哭的。那是以前，當我還有魅力的時候。」

她應該快四十歲，但是看起來老了十歲。

「是我太太，她再也不願意跟我說話，不想見我。」傑瑞米回答。

「啊！她是哪一種女人？讓男人流淚的女人？您這麼愛她？」

她不等答案逕自說下去：

「是的，您愛她，而她拒絕您的愛。真是個笨女人！她不知道這樣被愛是多麼幸運啊！是她寄包裹給您的？」

「對。」

「我聽見您想盡辦法要計程車司機給您寄件者的地址。您的方法錯了。您嚇到他了。」

她皺著眉頭看了他一會兒，重重地抽了幾口菸。

「您想要地址嗎？」

傑瑞米抱著希望看著她。

「您要怎麼做？」

「我自有辦法。」

「您……為何……」

「為何？我不知道。也許是想在某個愛情故事裡插一腳，即使那不是我的故事，也特別因為這不是我的故事。又或，我只單純地想要您請我喝杯香檳。我受夠了喝劣酒買醉。」

「好。」

「可是我不保證能成功喔。給我您的手機。」

傑瑞米照做。

「正好那輛計程車停在酒吧前，正好我的視力超好。」她邊說邊撥號碼。「而且計程車的號碼非常容易記住。您的太太怎麼稱呼？」

「維多莉亞。維多莉亞・德雷格。（他猶豫了兩秒鐘後又加了她娘家的姓。）或是維多莉亞．卡贊。」

那女人一臉驚訝地抬起頭。

「我不知道她是用夫姓還是娘家姓。」傑瑞米解釋說。

「好了，電話響了。」

她清清喉嚨。

「你好，我是德雷格．卡贊太太。」她用令人驚訝的自信聲音說。「幾小時前我為了送包裹到十九區的綠色酒吧，亞蒙加瑞爾路十二號一事打過電話。是的，包裹已經送達，沒有問題。可是我還有另一件包裹要送到同樣的地方。您可以派車來收件嗎？太好了。啊，等等！剛剛那位司機來取件時，把車停到距離我家幾號遠的地方，我還得出去叫他。您可以跟我確認一下您抄下的地址嗎？對不起，您是說梅尼蒙東路二十六號，二十區是嗎？地址沒有錯啊，可能是司機弄錯了。」

她對傑瑞米眨眼，一邊慢慢地複誦地址。

「太好了。」她繼續說。「您什麼時候可以派車來？半小時後？不行，太慢了。算了。我明天再打電話來叫車送另外一件。謝謝，再見。」

「謝謝！」傑瑞米說。「非常謝謝！您真是太棒了！」

「這種小事我一向有法子處理。」她一邊搖頭一邊說。

「我該怎麼謝您？」

「一杯香檳，說好的。」

傑瑞米起身握住她的手。

「您就像故事裡的仙女一樣，在人絕望的時候介入幫忙。」

她笑了。

「我長得像仙女嗎？」

那是城裡一幢挺普通的小房子，位於只有少數車子經過時才會打擾安寧的住宅區內。信箱上寫著「卡贊夫婦」。維多莉亞躲在父母家。傑瑞米走近門口，心跳得很快。他想在不露面的情況下確認地址。他早已決定尊重維多莉亞的意願，所以即便很想按門鈴，他還是克制住自己。

他注意到從屋子對面的花園，可以看到窗戶內的動靜。他走過去，發現有個樹叢，剛好是觀察的絕佳地點。他只想看一眼自己的太太和孩子。幸好，那花園是荒廢的，他大大地鬆了一口氣。

二樓的窗戶開著。但是傑瑞米藏身的位置太低，看不到上面的情形。一樓的窗戶關著，而偶爾閃過的身影他也認不出來。

等了二十分鐘後，他徹底絕望了。他是在浪費時間。他應該繼續進行調查，在日落前趕快盡可能搜尋有用的資訊，但是窗戶後的一舉一動都讓他想再多留一會兒。

徒然地觀察了一小時後，他決定離開。就在他滿心苦澀地準備離開樹叢時，他聽見門打開的聲音。他抬頭看見一個小男孩掛在門閂上盪來盪去。那是西蒙。他才剛跳到一邊躲好，湯瑪與維多莉亞就出現在西蒙背後。他的心跳得很快。他差點就手足無措了，還好他及時控制住。要是維多莉亞看到他像埋伏的罪犯一樣藏身在樹叢裡會怎麼說？她已經分不出好的與壞的傑瑞米，這下她更沒辦法了。他蜷縮著看著維多莉亞走近，她的轉變如此之大讓他震驚不已：她的身體看起來非常單薄，穿著套頭上衣與牛仔褲的體態瘦削難看。她雙手抱胸、彎腰駝背，像是因為冷風而畏縮。她的臉頰凹陷，皺紋明顯。她的臉色蒼白，幾近慘白。她滿是黑眼圈的雙眸只吐露著悲傷。她從前非常迷人的雙唇，現在用力抿緊，頭髮用橡皮筋綁在後面。她看起來就像那些患有憂鬱症的女人，摒棄了自己的美貌，放棄了生命的歡樂，僅剩下身為母親的職責，那也是她們與生命最後的連結。

我的天啊，這就是狠心的我造成的結果。是我害她如此傷心。她的美都枯萎了。我怎麼能害她變得如此悲慘？

維多莉亞的視線跟著在追球跑的西蒙。他長大了，模樣沒什麼變，只是比較不像小娃娃了，小男孩的輪廓越來越明顯。

湯瑪則是走在媽媽後面。他臉上有著早熟孩子般的嚴肅表情，頭髮長長了，金色鬈髮下裹著一張略為冷酷的臉，比傑瑞米記憶中的臉更為倔強。母子三人現在離他非常近。

他屏氣凝神看著這幕場景，記下每個細節，試圖克制住身體激動的顫抖。

走到他的上方時，湯瑪挽著媽媽的手臂。

「媽媽，來，我們來這邊坐。」

他們坐在樹叢前的長椅上。

傑瑞米像個受驚的孩子，閉上眼想要消失在黑暗中。他聽見他們走近的腳步聲、衣服的摩擦聲以及呼吸聲。等他終於敢睜開眼睛，他們已背對著他坐下，他們離他好近，似乎只要伸長了手就能碰觸到他們。

維多莉亞意志消沉，始終雙手環胸。

「你不要跑太遠。」湯瑪對西蒙說。

「你去跟他玩。」維多莉亞說。「我沒事的，你放心。」

「我等一下再去……」湯瑪回答。「妳剛剛為何哭？是因為他？」

「對……他留言給我。」

「我不要他回來。」

「不要擔心。他不會回來的。」

「這句話妳早就跟我說過很多次，可是到最後妳總是會相信他。」

「我已經向法官申請到保護令，讓他不得接近我們家，所以你不用擔心。現在去跟你弟弟玩吧。」

傑瑞米看著獨自一人坐著的維多莉亞，看著她的頸子、她的頭髮、她脆弱的肩膀。一股本能的慾望燃起，比能觸碰到她時還來得強烈。他緩緩地呼吸，為了嘗試辨別她的香味。然後他聽見她啜泣。她盡量低聲哭泣，不想引起湯瑪的注意。

她離他如此近，又如此悲傷。他差點想起身擁她入懷，好好地安慰她。這時電話響起。維多莉亞伸手進口袋拿出一隻手機。她咳了幾聲好清清喉嚨。

「喂，」她用小女孩的聲音說，「沒事，一切都好。沒有，我沒有消息。我寄了他要求的東西，還有一封信。嗯，我知道你要說什麼，你或許是對的。可是你知道嗎，反倒是我快瘋了。真是諷刺不是嗎？不，你別擔心，我不會再冒任何風險了。我跟自己說如果事實就是這樣，我寧願讓他在難得清醒的幾小時裡痛苦，也不要讓孩子和我痛苦一生。」

湯瑪走近，以眼神詢問他的母親。

「是皮耶，寶貝。回去跟你弟弟玩。」

男孩跑遠了。

「湯瑪想知道我在跟誰講電話。他一步都不肯離開我，這個小寶貝。他真的很替我擔心。你能想像嗎，他才這麼大就要承受這樣的憂慮。他想給我安慰，偏偏連他自己都很恐慌。昨晚他做了一個噩夢，大叫著驚醒。他到現在還會尿床。他的心理醫生說該把事情真相告訴他，讓他盡可能遠離這些問題。是這些突發的事情讓他心生恐懼。西蒙？不，西蒙不一樣。他什麼都不說，假裝一切都沒發生。他躲在自己的世界裡。可是我知道他很傷心。我想他是不想增加我的痛苦，他也同樣試著用他的方式保護我。喔，我的天啊，一切都好難！我每次都告訴自己我快撐不下去了。對不起，我一直講我的事。你呢，你跟克羅蒂還好吧？」

她認真地聽，一邊搖頭。

「她直到今天下午才回家？她去哪裡了？天啊，皮耶，你應該要她解釋才對啊！你不能因為怕失去她就放縱她。我們怎麼會變成這樣啊，皮耶？我們不久前都還挺幸福的啊。」

皮耶在講話，維多莉亞一邊聽一邊看著孩子在玩。然後她掛上電話，再把電話放進口袋裡，整個人再度縮起來。

傑瑞米這才明瞭他害自己的太太和孩子深陷在何等痛苦之中。他真的嚇壞了。她就在那裡，在他面前，絕望、疲倦又筋疲力竭。他真是禽獸不如。

「湯瑪，西蒙，我們回家囉，天氣變冷了。」

維多莉亞站起來，看著兩個兒子朝她走來。

他們走遠了。傑瑞米看著他們的身影沒入五月夜晚的微光中。

當他決定離開藏身之處時，天色已經暗了，他腳步踉蹌、痛苦地離開。

他必須行動。他的時間不多了。

他距離帕維街上的猶太教堂不遠。他邊哭邊走，整個人哭到像是喝醉恍神一般，視而不見、聽而不聞的走著。

他走到教堂門口才突然清醒。對講機裡傳來一個聲音，詢問他的身分。

「我叫做傑瑞米．德雷格，我想見教士。」

「先生，您有預約嗎？」

「沒有，可是我有要事，非常重要的事。」他堅決地說。

「您必須要預約。我是他的助理，我建議您……下週來找他，如果真的很緊急的話。」

「我不行。今晚我就會……我就會離開了。」

過了兩、三秒鐘。

「您是我們的教友嗎？」

「不是。我爸爸很久以前參加過幾次你們的活動。不過……我需要見教士。」

「恐怕不行，先生。基於安全規定的考量，我們無法在約定時間外接見任何人。」

「我不管你們的安全規定！」傑瑞米大喊。「你們應該幫助走投無路的人！」

他兩手搥打著門。

「開門！開門！」

「先生……請等一下，我們會想辦法幫你。」

傑瑞米背靠著門滑下，靠在厚重的木門上。他緩緩地呼吸。

幾分鐘後，有人叫他。一個人走到他面前，他卻連他走過來的腳步聲都沒聽見。

「站起來，面牆站好。」

他抬起頭來，被一道強光照得看不清楚。他舉手掩住前額，看是誰在跟他說話。

「不要鬧事。慢慢地站起來。」

他看見一頂法國軍帽，正後方還有另一頂。一輛剛熄了車燈的車子正停在他面前。

「你們想怎樣？」傑瑞米問用手電筒照著他臉的警察，警察的另一隻手拿著槍。

「我要你慢慢站起來，不要鬧事。」

「我又沒怎樣。我只是想見教士。我要跟他說話。」

「教士走了。你要講話就找我們。」

他才剛站起來，就被四隻手推得轉過身去，整個人被壓在門上，兩手則被扣在背後，銬上手銬。

一個溫柔的聲音響起。

「不要傷害他！他不過是個走投無路的人。」

一張臉貼近他身邊，一張年輕修士的臉。他留著稀疏的落腮鬍，戴著銀框眼鏡，眼神陰鬱，似乎在向他致歉。

「先生，對不起，這是安全規定。教士最近曾遭襲擊。我會請他們對你禮貌一點，他們會照做的。如果他們偵訊後告知一切正常，我會幫您安排自下週起與教士見面的時間。」

「那就太遲了。」傑瑞米哀傷地說。「太遲了。」

他被單獨安排在一間辦公室裡，手腕上銬著手銬。便衣警察一開始問話時不太相信他說的，不過他們很快就滿意了他的解釋。

「我太太和我分居了。我一時情緒失控，想見教士求他幫我。」

「為何這麼緊急？」警察問。

「因為明天……我要出發去旅行。」

他看起來不像個亂跑的瘋子，而像個出軌被遺棄的男人，因此他們排除往反猶太人的方向追查，起身去追查其他的資訊。

當他感覺到疲倦開始麻痺他的四肢時，一個點子躍入腦海。雖然有點可怕卻不失為一個好點子。

就這麼辦吧。我要現在睡去，一切就會重演。不過這一次，我不會讓那個可怕的我再有機會使壞。他開始打顫，不同的症狀，一個接著一個慢慢在他身上出現。不要被嚇到，不要害怕。他將毫不畏懼地迎接白鬍子老人的到來。但是在那之前，他要落實他的點子，讓妻子與孩子遠離自己惡行的傷害，同時報復身上的另一個他。

他用力大喊。

一個便衣警察衝進辦公室。

「你幹嘛大吼大叫？」

「我要自首。」

「自首？自什麼首？」

警察一臉驚訝，還有點不爽。傑瑞米大叫時他正準備要回家。

「我賣古柯鹼。去我家搜，你們會查到一大批貨。」

嚇到的警察看著這個一臉溫順的人笑著自首，任誰都不相信他會幹這種壞事。

是的，傑瑞米在笑。他甚至為這專為作惡的自己設下的陷阱，打從心裡笑著。他的妻子和孩子終於可以永遠擺脫他。

警察現在在問話，傑瑞米沒有回答。他平靜又從容，讓疲倦征服他，希望一切快點結束，把舞台讓給另一個他，一個他為他準備好、等著看他好戲的舞台。

老人、禱告、痛苦與遺忘，都快點來吧！

他笑著等待。

第六章

幾道陽光從天窗的橫桿溜進來，消散在日光燈的白光中。在他的對面，有個男人正坐在鐵床上看著他，他的雙膝間擺著一個托盤，一邊慢慢嚼著一塊麵包，一邊盯著他看。他的眼神冷漠又帶有壓迫感，驚人的肌肉顯露出他動物般的力氣，像隻隨時要撲羊的餓虎。他的臉很粗獷，臉上每個線條好像都是用拳頭打出來的。

「你幹嘛這樣看著我？」那人以嘶啞、拖長的聲音問他。

傑瑞米沒回答。在執行先前靈機一動、把自己困在這裡的計畫時，他壓根沒想過會面臨這樣的問題。他醒來時本來很滿意計畫成功，現在卻有種沮喪感。

「我在跟你說話！」那人大聲怒喊。

儘管那人的語調充滿威脅，傑瑞米依舊陷在最後的沉思當中，就像前幾次醒來時的問題一樣：現在是哪一年？他又做了什麼？維多莉亞與孩子們怎麼樣了？還有怎樣的噩夢情節在等著他？

只有醒來的地點不讓他驚訝，這倒是頭一遭。

那人突然起身，傑瑞米以為他要撲上來。但他朝門口走去，把托盤放在固定於門上的擱板上。

「喔，媽的。你看看你！你這個人太奇怪了。其他人說得對，你頭殼壞了。你做什麼都跟其他人不一樣。看看你的餐盤！這裡大家都餓壞了，一片塗了奶油的麵包就可以讓我們互相廝殺，你卻連碰都沒碰食物。你像在蔚藍海岸度假一樣狂睡，還笑得像個傻子似的。」

傑瑞米挺起身子，看著他的早餐，又再次感受到胃穿孔般的飢餓。他站起來，腳步遲緩地走向洗手台，抹了把臉和手。他想找鏡子，但是沒找到。他坐下來用餐。那個男人則躺到床上，一手撐著脖子，冷冷地觀察他。咖啡已經冷掉了，但傑瑞米仍開心地喝下。他吃著盤中的兩片麵包，麵包薄到不可能讓他吃飽。他一邊咀嚼一邊思考現況：被關在牢裡要如何繼續調查？他只有幾個鐘頭而已，他並不認為可以完全把事情弄清楚，不過希望至少可以找到一個解釋的開端，讓他得以著手被赦免的程序、得以向維多莉亞解釋他的行為，然後也許，也許……

他就像一個要被執行死刑的囚犯：既臣服在要殺死他的死刑機器的威力下，卻又總寄望著外力的介入救他一命。他還有幾條線索要查，還有幾個棋子要下。他必須找到方法在這裡進行一切。

「那接下來的計畫是要怎樣啊？」那人問。

傑瑞米幾乎忘了還有這個人的存在。他要怎麼回答他？他應該拖延時間，讓那人自己答出他想要的答案。

「你覺得呢？」他試探地問。

「我覺得？我覺得？你何時開始會問我的意見啊？」那人一邊用手肘撐起身子一邊反駁他。「這裡動腦的可不是我！如果你真要問我，那麼應該跟他做個了結。」

那人說話的語氣果決。傑瑞米皺皺眉。他不敢設想這樣的信心是什麼意思。他還需要多一點訊息。

「那你怎麼看？」

「我怎麼看？」那人重複他的話，不敢相信自己又被問了一次。「你是想測測看我是否記得要怎麼做喔？不就是在健身房殺他，但要搞得像意外。我要設法讓一百五十公斤的啞鈴掉在他的氣管上。哈，啞鈴壓在氣管上！送他入土！」他說完哈哈大笑。

他看著傑瑞米以確定他是否欣賞他的幽默。傑瑞米被獄友的提議嚇到，但是當著他的面，也只好笨拙、勉強地擠出笑容。對方這種角色肯定無法忍受任何不夠朋友的表現。

我在坐牢，而且還跟一個殺人犯同謀！真是太瘋狂了！這男的是個瘋子。幸好他似乎挺尊重我、甚至有點怕我，這是唯一的好消息。這也表示了另一個傑瑞米成功地在這裡稱王，至少在這間牢房裡。而在這座監獄裡他還有一些敵人，其中有一個是他想除掉的。真是匪夷所思！

傑瑞米決定嘗試一個手段。

「嗯，我不知道。或許我們該試試別的辦法，我不太確定。」

那人跳起來，重新彈到床上坐下，面露威脅表情。傑瑞米不敢相信這個渾身肌肉與脂肪的人竟然可以像貓一樣靈活、柔軟。

「什麼？你怎麼會不知道？你要等他先對你下手嗎？老兄，這是一定會發生的！我提醒你，是你害他們的古柯鹼被抓包！那可是值很多錢的一大包。你還打了史塔科的兄弟。你還不確定什麼鬼啊，老兄？他們可是不會猶豫的，他們一定會幹掉你。你怎麼講這些屁話？媽的，我尊敬你是因為比起牢裡其他混吃等死的笨蛋，你是最狠、最有決心的人。嘿，你可別讓我失望！」

那男人起身，在牢房裡走來走去，雙手握拳，肌肉鼓起，一邊緊盯著傑瑞米看。怒氣讓他變得很可怕。傑瑞米不由得佩服起自己分身的智慧，他竟有辦法跟這樣可怕的人結盟。同時他也明白最好快點恢復該有的凶狠模樣。

他繼續坐著，與同夥四目相視，然後咬緊牙齒，希望能讓自己的語調強硬點。

「別用這樣的語氣跟我說話！我不可能放棄！這個王八，我們是殺定了！我不知道的是，我們是不是要在今天這樣動手！我要想一想，可能還有別的辦法。」

傑瑞米被自己的振振有辭嚇到了。情況的急迫性與危險性促使他演活了該扮演的角色。

「比方說？」那個大塊頭用比較和解的口氣問。

「我還不知道，我說了，我還要想想。」

「好吧……」

那人此刻顯得有點起疑。

「你敢懷疑我？」傑瑞米問。

他的語氣確定，威脅意味明顯。

「不是……而是……因為你昨天跟我說的。」

「什麼意思？」

「你跟我說，你生日那天，你可能會變得怪怪的，要我盯著你……」

那人住口，看著傑瑞米，彷彿他是頭一次在牢房裡看到他似的。

「你為何不記得你昨天跟我說過的話？」

傑瑞米飛快地思考。那人盯著他，等著他給一個合理的解釋。

他的獄友丟給他一個必須立即處理的難題。另一個傑瑞米為自己鋪了後路，讓這個龐然大物來監視他。他交代他在生日當天幫他殺人，並要他注意他會變身。這是個很聰明的戰略，也是個很笨的戰略，因為他的獄友不夠機靈到足以為患。

「很好，很好，太好了。我看得出來，你把我告訴過你關於我生日的事記得很清楚，你是個可靠的傢伙。但是今年還不會有問題，如果我發作了，你應該馬上就看得出來。」

那人低聲抱怨，他暫時被這番話給安撫下來。傑瑞米決定好好利用這項優勢，他知道他飾演的角色不簡單。

「好了，我剛剛想說的是，我聽說健身房這幾天會開放參觀。獄監可能會來臨檢找麻煩。所以最好不要在這時候……」

「你怎麼知道這個消息的？你從來不出牢房！」

傑瑞米只得繼續在他分身布滿地雷的土地上前進。

「你還不明白嗎？」

「是監獄的守衛？他們是挺喜歡你的，那些守衛。所以你打算怎麼辦？」

「我們要等等，先看事情怎麼發展，再想想有沒別的方法，然後再行動。」

「是……可是你要知道你是在冒險。他們想要對你下手，他們可是不會等的。」

「我願意冒險。」

「那你其他的計畫是什麼？」

「等時機成熟我再告訴你。我還需要想想。」

「你會想到的。我現在要去工作了。等我回來我們再好好討論。」

傑瑞米因為危機解除而大大鬆了一口氣。他終於可以一個人獨處，不用投入扮演一個隨機應變的角色，可以專注思考問題的核心。

那人離開牢房後，傑瑞米起身深呼吸，開始在小小的空間裡激動地踱來踱去。現在他該怎麼做？他要如何讓自己的調查進行下去？

若說他的陷阱同時困住了好的自己，他也無法後悔了，是他設陷逮了壞的自己，才讓維多莉亞和孩子得以喘口氣。他正在牢房的白牆前反覆思考時，牢門突然被一名又高又瘦的警衛打開。警衛蒼白消瘦的臉上掛著兩枚深深的黑眼圈，加上黑色的鬍子，組成一張像是戴了死亡面具的臉。

「傑瑞米，今天好嗎？」

「還好。」

「你昨天有看巴黎隊的比賽嗎？他們贏了馬賽隊兩球，還是在馬賽的主場！馬賽隊丟死人了！」

傑瑞米隨便點了點頭示意，這樣不管什麼問題都帶得過去。

他與這名警衛有何關係？或許他可以利用一下警衛對他展示的和善態度？

「你要看我的《隊報》嗎？」

傑瑞米接過運動報，瞄了一眼。二〇一八年五月八日！六年了！他坐牢六年了！他沒讓情緒激動。他應該要盡量保持平靜，以便思考與行動。

這時他有個主意。

「你可以幫我個忙嗎？」

傑瑞米學警衛一樣以「你」相稱來表示親熱。警衛頭也沒抬。

「只要你不跟我討鑰匙……」

他本想說笑來增加話題，但看到傑瑞米嚴肅的神情就停下了。

「我想問有沒有……猶太教士……就是佈道的猶太人。」

「猶太教士？你打從何時開始關心起上帝來了？你是認真的嗎？」他笑著問。

「是的。」

「媽的，你嚇我一跳。你真的不按牌理出牌。你要猶太教士做什麼？我可不相信你要懺悔什麼的。」

「我只是有幾個問題要問。」

「嗯，好吧，你都這麼說了。你真怪！猶太教士……他週五早上會來。我明天幫你登記。」

「明天？不行，我今天就要見他。」傑瑞米強烈反駁。

「喂，傑瑞米，冷靜點！你在牢裡或許有點地位，但這裡有規則、有時間表……」

「真的沒辦法叫他來嗎？」傑瑞米用比較友善的口氣說。

「沒有任何辦法。」

傑瑞米陷入絕望。他必須在夜晚前見到一位教士。

「那另一位教士呢？我可以在今天見另一位教士嗎？」

「你沒有登記要會客，而且你也從來沒登記過。」

「你可以幫我登記嗎？」

反正問一問他又不會有什麼損失。

「當然可以。」警衛回答。「可是……老實說，我真搞不懂。媽的，你是怎麼了？你一向不要見教士的，現在你卻等不了二十四小時？你真特別，傑瑞米，非常特別。」

「所以我才會這麼有魅力啊！」傑瑞米誘得警衛把原本壓抑的笑意笑了出來。

警衛同意他的話，傑瑞米繼續進逼。

「我要你打電話給一個我認識的猶太教士，你叫他過來。」

「什麼？你在開玩笑吧？你該不會還要我開車去載他來？喂，傑瑞米，別太過分喔！我可不是你的佣人！依照我們的……關係，我已經對你不賴了。」

傑瑞米反擊。

「就憑你給我看《隊報》嗎？這就是你幫的忙？嘿，我可是要你幫真正的忙。」

慌張的警衛思考了一會兒。

「好吧，你有號碼嗎？」他嘆口氣，讓步。

「沒有。你得打電話到第四區帕維街上的猶太教堂找教士的秘書。我不知道他的名字。告訴他我是……二〇一二年五月八日去找過他的人，就是被警察逮了的那個人。告訴他我今天要見他，我需要跟他談話，有很緊急的事情。」

那位年輕教士可能已經離職了。但是傑瑞米還是要試試看，憑著直覺行事，使出最後的一張王牌。

「你就只有這些資訊而已？好吧，我看看我能怎麼做。如果我沒有給你消息，那就表示沒輒了。」

警衛出去後，傑瑞米在牢裡踱步。

三十七歲！我三十七歲了！他一直重複以說服自己。

他用手摸摸臉頰、眼周，感覺又摸到皮膚上歲月的痕跡。然後他輕觸上半身，拉起T恤，發現自己陌生的身形——腹部微微突起，臀部也變圓了。他第一次發現自己老了。然而，他卻覺得彷彿才剛過二十歲沒幾天。

他打開床邊的櫃子，才花幾秒鐘就看遍裡面僅有的物品：幾件衣服、一瓶沐浴乳、一雙鞋子、兩本運動雜誌。他在尋找自己與外界、與過去以及現在的連繫。他已經開始習慣這樣的大肆搜查，尋找失落的存在感。

他在門上掛的一件外套的口袋裡找到三封信。最近的一封是二〇一七年三月十二日寫的。他一開始有點生氣三封信中沒有一封是維多莉亞寫的，但他終究很高興他的計畫成功了，她採取了對自己最好的方式，離得他遠遠的。這三封信都是克羅蒂寫的，那個他不認識的、不愛的克羅蒂。克羅蒂——維多莉亞的朋友、他最要好的朋友的太太、他的情婦。

傑瑞米：

經過上次的事件後，我深思熟慮了很久，才決定寫信給你。你生日當天的態度……我真的好氣。你不是你，總之不是我認識的、深愛的你。我是在得知你因為藏毒而自首時才明白這一點。你為何這麼做？你家裡怎麼會有毒品？皮耶知道你被逮捕時沒有我驚訝。他認為這是你「壞事做盡的遲早下場」。他懷念他失去的朋友、從前的你。

他很照顧維多莉亞。她有點不知如何是好。你的入獄讓她崩潰。她說二〇一二年五月八日試圖連絡她的正是她愛的傑瑞米。他是為了幫她才自首的。這一切實在太奇怪了。我愛著那個她恨的男人；她愛著那個得失憶症但又會突然恢復良知的人——一個純真到可以在百年的罪惡生涯中清醒幾小時的男人。對我而言，如果說你病了，那就是當你跑去自首、演起為愛犧牲的角色的時候！

我不知道你準備怎麼打你的官司。皮耶說你很難以發瘋的名義脫罪。你被送到精神病院治療時，你曾經辯解說你沒瘋。你提供許多文件來證明你的精神正常。維多莉亞會用那些資料來反制你。

你入院治療的訴訟程序很奇怪，雙方都用另一方的證據作為反證，來為自己辯護。

你知道你可以依靠我。

我想你。

克羅蒂

這封信的日期是二〇一二年六月三日。下一封是兩年後寫的。

傑瑞米：

你收到這封信一定氣炸了。但不管怎樣，我需要寫信給你。對我來說，不明白你為何拒絕與我接觸，真的很苦。

當我得知你被判刑，我非常沮喪。面對精神科醫生們的結論，這次你的聰明沒有用武之地。相反地，你的聰明倒是激怒了檢察官，他看穿那是你用來玩弄周遭人的可怕武器。這一點連我也無法反駁他。他認為你的自首是為了要坐牢，好躲過被黑道算帳，然後再計畫以精神失常的醫療記錄獲釋。

皮耶認為你向最高法院的上訴不會成功。我希望你知道你在做什麼。

我還沒離開皮耶。在我覺得自己如此不幸時，我無法離開他。你也許會覺得我這樣很自私，甚至很狡猾。沒錯，我沒有勇氣自己一個人過。所以我和他之間的協議不變：我留下來獲取他的照料。

皮耶繼續關照維多莉亞，我則幾乎沒跟她見面了。我假裝以忌妒為藉口來迴避。說真的，我已經不知道皮耶對維多莉亞的友誼中是不是夾雜著同情與愛情的成分。她好多了。她走出低潮，重新開始工作。一個月前她帶孩子來我們家吃午餐。他們很喜歡皮耶，甚至叔叔、叔叔地叫個不停。至於我，我斷然拒絕他們叫我克羅蒂嬸嬸！反正我覺得他們也不喜歡我。

湯瑪很自持。他像個小大人，照顧他的媽媽和弟弟。他長大許多，越來越像維多莉亞。西蒙比較活潑，天性樂觀。他長得像極了你，我根本不敢看他。維多莉亞是個很棒的母親，她為了他們而活，也透過他們活下去。皮耶試著說服她重新展開人生，多出去見人、見朋友，但她都聽不進去。其實，他們很適合一起生活，這兩個人！他們是如此相似，又跟你我兩人如此不同。

明天，我會後悔寫了這封信。我知道你厭惡人家講心事，你看了信後一定會更討厭我。可是你要知道我都沒說我的感覺以及我是怎樣過的。這封信只是一時衝動。我只是想在你的靈魂深處……留下一點我的影像。

我想你。

克羅蒂

第三封信是在兩個月前到的。

傑瑞米：

你的信真的嚇了我一跳。經過這麼多年的冷漠對待，我竟然又變成你關注的焦點！你的理由很充分：你說之前斬斷與我的關係，是為了讓我免於承受當囚犯的女人的痛苦。你的靈魂真是高尚啊，傑瑞米！我真的認為你在牢裡關久了變笨了。你覺得我會上當嗎？你真的認為我很蠢嗎？

你需要我？我曾經需要過你，傑瑞米。我本以為我只是你的共犯，但後來我發現我真的墜入愛河。我喜歡你看待人生的方式，將人生視為時間對人類欲念的挑戰。我喜歡你的信念——你認為只要除去所有道德的成見，就可以盡情享受每一分鐘；而不論過去再怎麼美好，你都只活在當下。你藉由我擺脫了友誼、忠貞，以及社會道德規範的重擔。我喜歡擔任這樣的角色，讓你活出反叛的自由。但是我欺騙了自己。我愛上了你。這是老套又平凡的戀愛情節。

而你，你早就明白了這一切，我會寫這麼一封可悲的信都是你巧妙操縱感情的結果。為了達到目的，你連自己都可以背叛。

最讓我心痛的是，我發現在你的愛裡，我不過是人造愛情糖漿，就像所有的人一樣，被人利用了還甘之如飴。

就這樣吧，傑瑞米。我不愛你了。你在監獄的鐵牢裡編織文字，企圖把它像條繩子般從牆的另一頭扔出來，可惜你找錯對象，我覺得你很可悲。

正因為我不愛你了，所以我要幫你。

還愛著你的時候，我還滿高興得知你被關起來，僅有的娛樂只剩躲進美好的回憶裡。不是我自誇，在性生活缺乏之下，你性幻想的對象除了我之外不會有別人。

但是現在，我可以冷靜地看著你出獄，不必在乎你對我的輕蔑，也不管誰會取代我在你懷中。

一旦自由後，你可以隨心所欲做你想做的事。我可能會願意再與你上床，又或許我從此不再對你有慾望。但是那將會是由我來決定，而不是為了滿足你的慾望。

所以你看，現在我反而可以助你出獄。

我的角色使我得以獲得寶貴的資訊。你下次出庭時維多莉亞與皮耶將做出對你不利的指證。我知道他們會怎麼說。湯瑪領聖餐之後，我與維多莉亞變得比較親密。我幫她進行準備工作，因此拉近了我們的距離。她對我吐露心事，甚至願意分享「女生之間的祕密」。我繼續承受這一切，等待時機成熟。慰藉和懶惰都不是理由。我要讓自己相信，幸福可以有另一種形式存在，在另一個地方。

我背叛他們把消息洩漏給你，是為了幫你一個忙，而這也是加快事情變化的好方法。反正我也沒什麼好顧忌的。我把自己最後丁點的正直都留在你的床上了。

我會考慮你提出的提議去看你。至於要不要幫你，就看符不符合我的要求及期待而定。

從這封發洩情緒的信中，他看到兩個與他無關的人，只有三項資訊與他直接相關。維多莉亞沒有重新展開人生。她還不願意重新開始。他不知道因此而感到安慰是否得宜，但卻真的得到慰藉。

克羅蒂變成他的同謀，隨時準備傷害維多莉亞與孩子，這是待他完全恢復理智後，必須馬上處理的問題。

此刻，他腦中只有一個畫面，信上的某些文字占據了他的思緒，讓他對其他的字句視而不見：湯瑪領了聖餐禮。他十三歲了，根據宗教法律，他成年了。即使傑瑞米從不上教堂，他仍認為領聖餐是很重要的儀式，是一個男孩子一生中相當重要的時刻。領聖餐對他自己來說就很重要。他記得那天的感覺是跨入了大人的世界。他想像湯瑪在手臂上捲上經文，看著母親驕傲的眼神，和弟弟那等不及輪到他領聖餐那天快點到來的忌妒又焦慮的眼神。傑瑞米想像著這一切，即使在他幻想的畫面中，湯瑪還是一張七歲男孩的臉。畫面中獨缺一人，可是他一出現就會破壞全場氣氛，讓幸福感一掃而空，這個人就是身為爸爸的他。他沒有參加兒子的成人禮，他沒有陪在維多莉亞身邊，分享兩人生命中重要的幸福時刻。對他如此重要的時刻就這麼被奪走了，現在的他心裡覺得好痛。他想到西蒙也快要十三歲了，也即將要準備領聖餐。而他，身為父親，又將會缺席。這些不斷缺席的場合讓他離現實人生越來越遠。

他想在牢裡任痛苦吞噬他，他想哭，想撞牆撞到失去意識。他尋找其他的畫面、情緒，希望可以藉此放鬆喉嚨、放聲大哭。但是他依舊意志消沉，無法表達痛苦。他的生命緩緩熄滅，他連表達絕望的力氣都沒有。

他同獄友一起用午餐。他叫佛拉迪米貝尼可夫，是俄國人。佛拉迪米回來時向他報告，要除掉史塔科的兄弟傑夫，只有健身房一處可以下手，最合適的日子是週五，這天傑夫只有一個手下陪，其他人則忙於販售他們弄進監獄裡的貨。

傑瑞米很滿意，這樣一來他就不必思索到底是要與敵人衝突，還是要對獄友解釋半天。他不懂另一個傑瑞米怎會下這樣一個決定。無論如何，明天他都得承擔後果。

留鬍子的獄警於下午四點來到他的牢房。

「到會客室去。」他宣布時還擠了一下眼睛。

傑瑞米點頭表示謝謝。佛拉迪米丟出訊問的眼神，對這個他沒聽說過的會面感到驚訝。

獄警關上牢門時，對傑瑞米說：

「我告訴你，這回可不簡單。算你好運，我很快就找到他。可是當我向他解釋情況……他可不是很情願。他不懂你要找他做什麼。我提醒他基督徒該要慈悲助人……反正就是訴諸宗教情懷就對了，我還告訴他事情緊急，我無法解釋。所以他就讓步了。他非常清楚地記得你。」

傑瑞米渾身發熱，興奮又焦慮。他全部的希望都在這次的會面上。

另一位獄警負責帶他去，帶著他穿過映照著柵欄與無聊身影的長廊。他被帶到一個房間，裡面都是排隊的囚犯。有些人輕輕點頭向他打招呼，有些人四目相對地打量他，有些人則是迴避他的眼神。

他很快就被叫到。

有人示意他去一個小隔間裡。他坐下來，等了幾十秒鐘，眼睛看著反射出他蒼白臉龐的玻璃，那反射的臉因為太過蒼白而讓他看不出來是一張怎樣的臉，不過他看到眼睛底下的眼袋。他正在探索這張不確定的臉時，一張長滿鬍子的臉出現在他面前。一雙陰鬱又生動的眼睛盯著他，眼神中同時充滿疑問、憂慮與親切。正是在猶太教堂前試圖要跟他講理的人。

由於他沒有反應，修士向他打招呼。

「您好……我是亞伯拉罕克里科維奇。您找我來……」

「謝謝您這麼快趕來。」

「應該的。事實上，我有點驚訝。」

「您還記得我？」傑瑞米問。

「我對於我們的會面……有著……怎麼說呢……非常特殊的記憶。您看起來那麼的……那麼的不幸，那麼的驚慌。是我打電話叫來警察，但當我知道您宣稱自己家裡藏毒，我就覺得……很內疚。我想您也許正是要來找我談談，想要懺悔，找一個辦法化解自己的錯誤。這讓我非常過意不去……可是您又是那麼地……情緒不穩，我不能讓您接近教士。在這麼混亂的時代，凡事都得小心。但儘管我在您的審判庭上講述這一切……我想對您並沒有幫助。」

「我來化解你的內疚吧。我去找教士不是為了那個，我是故意自首的。我找教士另有原因。正是為了這個理由我今天才會找您來。」

修士露出微笑，知道對方並不打算為了那天晚上報警的事情找他理論而鬆了一口氣，然後臉色又轉沉。

「如果您是心甘情願坐牢，為何又在法庭上訴請無罪呢？我不懂。」

「您或許可以幫我回答這個問題。我先提醒您，我的故事您聽起來可能會覺得奇怪。我請您拋棄所有的理性來聽我說，僅用您的感性與宗教認知來回應我。」

「我的理性是我的宗教認知養成的結果。您請說。」

修士皺起眉頭，靠近玻璃，輕撫雙手，再把手放在嘴上，專注地看著這位奇怪對話者的唇。

傑瑞米一五一十地訴說他的故事。對他而言，那都是幾天前才發生的事情，每一個細節都像剛發生的一樣歷歷在目。所有的感覺都還在他的皮膚表面震動。故事的不合理處降低了他的可信度，使他不時得放棄、得再建構一個讓人聽得懂的來龍去脈。不過亞伯拉罕克里科維奇的專注鼓勵他繼續說下去。修士的眼神時而轉到遠方，似乎是在調整思考的焦距，然後又回到傑瑞米的臉上。

講完故事後，傑瑞米整個人放鬆，喘了口氣，看著修士。修士動也不動，彷彿還沒意識到傑瑞米已經講完了。然後他坐挺身子，咬著嘴唇，像是在思索說話的字眼。

「您為何叫我來？」他最後說。

傑瑞米預期聽到的是一個建議而非一個問題。

「您是我唯一認識的宗教人士。」

「我的意思是：為何要找一個宗教人士？」

「因為我認為人的邏輯無法回答我的問題。」

「您覺得信仰與理性是兩回事？」

「事實上……」

修士打斷他。

「我幫不了您。我不是神祕主義者。我是信仰律法的人。我試圖以摩西律法的堅固結構處事做人。我不是那種有宗教幻象的神秘教派人士，以為除了正宗的律法之外，還可以接收其他豐富的知識來源，獲得其他的啟發。」

他想找出其他的說詞，但又聳聳肩膀表達他的無能為力。

「您的故事讓我非常困惑。」

「您不相信我？」

「我不懷疑您說的話。這個世界上什麼事情都有可能。我聽過很多會被當成瘋人瘋語的故事，而我相信其中某些故事是真的。可是我不是能夠幫助您的人。」

他停頓一下，用手慢慢摸鬍子，似乎在思索還能講些什麼。

「您為何認為宗教能夠給予解答？我想您從來沒有認真信仰猶太教吧。」

「那是我的直覺。我的故事每一次看起來都像是與宗教有關。其中有個在禱告的人，還有聖詩……」

「這樣的理由充足嗎？也許那是作夢或是被附身。」

「不，我是親身經歷那些時刻！我看見那個人！我聽得見他！他在背誦猶太教頌禱詞。而且，破壞我人生的那個人以及偶爾醒來目睹殘局的那個人，這兩人之間的對抗，是一場價值迥異的對抗。」

「可是您說的是什麼價值啊？您曾經試圖自殺，那表示您沒有基本的價值觀，也就是尊重神賦予您的生命。」

「我知道那是很嚴重的錯誤。那是一個絕望少年犯下的錯誤。」

「很好。但是我希望您去找在這一方面學有專精的宗教人士。我認識幾個人。如果您願意的話，我可以幫忙介紹。」

傑瑞米覺得自己越來越掌握不住狀況。與他對話的人一開始看似感興趣，現在卻好像想逃。

「我沒有時間了！」他大叫。「我不知道我明天會變成怎樣，也不知道自己是否會再度清醒。這樣要怎麼約啊？我求求你，快點想辦法，幫幫我！」

亞伯拉罕克里科維奇面露不悅。這項懇求讓他內心大亂。但是他能做些什麼？他太知道承諾的重要性，也知道他不能憑著他人不穩定的情緒過早下判斷。

「聽著，這是我的建議。我要問您幾個問題，釐清幾個疑點。等我離開這裡，就會打電話問一個專門處理這方面問題的宗教專家。然後我會打電話通知您。」

「要是您找不到人呢？」

「是的，我有可能找不到人。」

「若真是這樣，我又要再度迷失在這具身軀裡，連個答案都沒有啊。」傑瑞米絕望地大喊。

「沒錯。雖然不想惹您不高興，我卻不認為問題的答案能在幾小時內改變情況。另外，您還要考慮到對方可能不願意回答，或者是無法馬上回答。但是我只能為您做這麼多了。」

修士的堅決與他臉上的溫和形成對比。傑瑞米沉默了好一會兒。

「我不知道自己何時會再恢復清楚的意識。如果今晚前我得不到答案，您要如何在我……甦醒的時候來找我？」

亞伯拉罕克里科維奇的眼神飄向遠方，越過牆後。他又開始摸鬍子，幾秒鐘後他回答：

「這是我的提議：等您恢復意識的那天，請連絡我。我將做好準備。我會請兩、三位可以回答這些問題的猶太教士給我意見。」

「好。但請別忘記我有時間壓力。我請求您，盡量在今晚前收集到最多的資訊。」

「我會盡全力。現在，為了讓我可以向我的同道完整敘述您的……奇遇，我要您跟我談談這個禱告的人和他的祈禱。他長得如何？他的禱告內容為何？您提到過那是猶太教頌禱詞。」

「他是一個老人，大概有七、八十歲。他的面容削瘦，留著稀疏的白鬍子。他的眼球凸出，充滿悲傷，沒有生命力。他的臉也是一樣，他的臉上只有嘴唇會動。他的聲音很恐怖、哀怨。我聽到他念著猶太教頌禱詞，那是我少數知道的祈禱詞。每年我妹妹忌日時我父親都會念。」

「這個人何時出現？」

「晚上，當我開始昏睡時。」

「您跟他交談過嗎？」

「有，第一次的時候。他先是禱告，然後走近我面前說：『不可以。』然後他重複好幾次『活下去』，語氣充滿哀傷。

亞伯拉罕克里科維奇聽著傑瑞米的話聽到入迷。

「他還對您說了些什麼？」

「沒有，我睡著了。」

「您也跟我提到當您讀到某幾首聖詩時也有奇怪的感覺。」

「是的。事實上，那是我故事當中的一個要素。是我與另一個人的連結。我是從我太太那邊得知：另一個我被玫瑰街上櫥窗裡的一本小聖詩集所吸引。吸引的程度大到我太太把它買下來，剛好在我意識清醒時送給我。當我打開它，就覺得全身不舒服，才讀了幾個字就開始發熱，我不明就理地感到紊亂、驚恐。」

「是哪幾首聖詩？您記得嗎？」

「記得，我讀了第九十首。等我六年後醒過來，我發現那本書有好幾頁被撕掉了，包括我讀過的那幾頁，以及第三十與第七十七首聖詩。也許還有其他的。我所知道的是，那個大部分時間裡存在的另一個我和我一樣，也會因此感到不適。」

亞伯拉罕克里科維奇沉默了一會兒。

「三十、七十七、九十。」他輕輕地重複。

「您看這有什麼意義嗎？」

修士沒有回答。

「截至目前為止，您與神的關係為何？您在那兒進行宗教活動？」

「我從來沒有從事宗教活動。在家裡，我的父母沒有特別要我們信教。我父親有很多親人死在二次世界大戰的集中營。他希望我成為一個擺脫歷史重擔的小法國人。是我祖父決定改掉家族姓氏的，把威瑟曼改成比較低調的德雷格。不過，我們還是會稍微慶祝兩、三個比較大的節日。我以我的方式信神。我也會與上帝對話。我自殺那天我就跟祂說了很多話。那是一種私密與激烈的對話。可是現在，我發現我把祂當作是擁有超自然能力的人，讓我有所期待的人。像魔術師之類的。」

「您說您在自殺時曾與神對話。您有意識到自己行為的宗教意義嗎？」

「沒有。我的自殺其實是一種抗議的行為，抗議全能者拒絕滿足我最後的心願，那是我人生中最重要的願望。」

「您企圖以自殺來……懲罰神？」

「某種程度上是。我以為將我的行為裹上反叛的外衣，我就有勇氣去完成這個舉動。這一切還是讓我的心裡相當內疚。」

亞伯拉罕克里科維奇低下頭，雙手放在前額，彷彿是要迴避傑瑞米的眼神。他的嘴裡唸唸有詞。傑瑞米不知他是在低聲思考還是在祈禱。他不說話，等候對方下定論。但亞伯拉罕克里科維奇突然抬起頭，一臉驚慌，揮手表示談話結束了。

「我要走了。我們就按照約定做。」

傑瑞米打斷他。

「等等，怎麼了？」

亞伯拉罕克里科維奇回過頭來。他看起來有點失常。他走路蹣跚，以眼神搜尋獄監。

「您有事瞞著我。」傑瑞米大叫。「您在想一件讓您困惑的事情對不對？我確定您已經有想法了！快告訴我！」

修士企圖擺出冷淡的表情。但是他嘴唇輕微的顫動以及壓抑的微笑洩露了他的情緒。他往外踏一步要走，但是仍繼續盯著傑瑞米。傑瑞米也起身，想要攔住他。

「這是神的處罰嗎？您這樣想對不對？」

「我……我現在無法回答。我會打電話給您，我會與您聯絡。我答應過您的。」

「可是您倒是說啊！我要聽您的意見！」

傑瑞米慌了。這人剛剛可能弄懂了他的情況、找到化解他噩夢的辦法。可是現在他什麼都不說就要走！傑瑞米陷入絕望。

亞伯拉罕克里科維奇轉身，站在門前等人幫他開門。一名獄警出現。傑瑞米跌坐在椅子上。他不喊了。他受夠了這個荒誕的調查，不想再乞求，不想再哭泣，不想再思考，不想再假設，不想再希望。

天黑了，他還是沒有獲得解答。他看著穿著黑袍的男人離開會客室。他是他最後的希望。門在黑衣人身後關上。透過監視用的小舷窗，他只能看到他的頸背和帽子。然後，亞伯拉罕克里科維奇回頭，注視了他一、兩秒鐘，微微點了點頭。這是為了致意還是為了答覆他最後一個問題？傑瑞米不知道。不過他確定一件事情：亞伯拉罕克里科維奇哭了。

回到牢房裡，傑瑞米發現佛拉迪米躺在床上，盯著天花板看。

「喂，你跟誰見面啊？」

傑瑞米很希望不用回答，但是狹小的牢房逼著他繼續扮演他的角色。

「我的情婦。」

「這秘密約會好像不是事先排定的啊？」

「不，是我今天早上要求的。我有事情要解決。」

「你應該要小心守衛，他對你太好了。沒錯，他是你走私的同夥，但是不要忘記你可是囚犯。」

「不用擔心。」

「好，那我們的事情何時準備？」

「不是現在。我需要思考。」傑瑞米堅決地說。

他在床上躺下，頭埋在雙手間。他等了幾秒鐘，期望藉此打消佛拉迪米繼續這場對話的念頭。

走廊傳來大聲的吵雜聲，顯示用餐的時間到了。傑瑞米突然清楚地感覺到身體躺在床上的感覺，他感覺到周遭環境的每一個騷動輕輕掠過他，撫過他的皮膚。他的神智飛得很遠。他飄浮在這個空間裡的某處，看著自己的皮囊，試圖解開他之所以身處在此地的謎團。他又想起亞伯拉罕克里科維奇，這個人推敲出了一個讓自己害怕的答案。傑瑞米試著條列出他腦中自動浮現的解釋，可是他想了想又停下來，覺得大多數想到的理由都太不合邏輯。然而他知道若不往神祕主義的迷宮去探索，一切不會得到答案。如果這真的是神的處罰，那目的為何？為了報仇？要他懺悔？真正的傑瑞米到底是什麼樣子？是此刻醒著的那一個，還是不斷出現的那一個？

他們靜靜地用餐。傑瑞米幾乎沒動他的餐點，佛拉迪米給他一個質疑的眼神，然後奪走他的餐盤。

「你今天怎麼不說話？」佛拉迪米突然對傑瑞米說。

傑瑞米咬了口蘋果，想趁咀嚼時思考或是繼續保持沉默。但是佛拉迪米在等他回答，他已經算是很有耐心了。兩人之間隱藏的默契逼得傑瑞米此刻不得不表態。

「你今天真的很奇怪。通常都是你講個沒完，而你一開口我就沒得休息。你會不停地講：講你過去的生活，你未來的生活，所有你想幹的壞勾當，你要怎麼從這牢裡脫身，你出去後要做什麼，你要怎樣讓你老婆日子難過，你要泡多少女人，你要賺多少錢……但現在，你一句話都不說！你一直在想個不停！你是怎麼啦？」

佛拉迪米提到維多莉亞的部分讓傑瑞米抖了一下。他想說的是什麼？維多莉亞遭到威脅嗎？還是那只是說說罷了？他要把事情弄清楚，好放下心頭的擔子。

「是我太太。」傑瑞米刺探地說。

「什麼你太太？」

「她又在鬧。」

「鬧什麼？」

傑瑞米比了比手勢表示他的厭煩。

「唉，就是一堆蠢事。她真的快把我煩死了。她似乎正設法要讓我再多蹲幾年苦牢。」

「呸，你不必擔心。我不久就會出獄，我保證讓她不會再來煩你。」

傑瑞米覺得好像肚子被打了一拳。他一時無法呼吸，也說不出話來，只好點頭示意。維多莉亞還要再忍受多少煎熬？這禽獸還有何種能耐？他會打她？強姦她？殺她？他不能冒這個險。他應該要設法保護她。但是該怎麼做？殺了佛拉迪米？反正他也沒什麼好損失的？以幾年的刑期換取他太太的平安？這種選擇太容易了。不過就體型來說他很難辦得到。

突然傑瑞米有了個主意。他得加快速度。他在抽屜裡找到一枝原子筆、紙張與信封。他平時都寫信給誰啊？

「你在幹嘛？」佛拉迪米問他。

「寫信。」

「給你的律師？」

「對，給我的律師。」傑瑞米回答。

他很快地寫了兩封信，寫完後，佛拉迪米已經睡著了，還發出吵人的打呼聲。他叫一名臉色鐵青、看起來很討厭的獄警過來，交給他其中一封信，那是要寄給維多莉亞的。獄警告訴他寄交信件的時間是早上，不過還是收下信，放進口袋。

「沒有人打電話找我嗎？」

「沒有，你以為你是誰啊，德雷格？你現在人是在監獄裡，不是在辦公室喔！我可不是你的特別助理！」

「我今晚在等一個電話。」

「聽好，我可不是你的麻吉。這牢裡有兩個陣線：獄警與囚犯。我嘛，我知道自己是哪一邊的。我收了你的信你就該滿足了。至於電話嘛，就算有人打來，我也不會叫你。」

「謝謝你幫我寄信。」傑瑞米平淡地說。

本以為會有一番激烈爭論的獄警似乎嚇了一跳。他嘴裡唸唸有詞地走了出去。門被重重關上，回音混入遠方的雜音後消散。

傑瑞米走向窗戶，雙腿似乎有千斤重。他看著中庭，瞥見兩個在高壓電塔前講話的獄警。他拿起第二封信，摺了摺，綁在肥皂上，朝那兩人丟去。信打到比較高的那人肩膀上，他馬上轉過來，抬頭看窗戶。不過傑瑞米已經蹲下。他等了幾秒鐘再度向外張望時，兩名警衛已經在看他剛丟出去的信。

傑瑞米回到床上。他覺得疲倦感使他睡意沉沉。他躺下來，氣惱地想著自己還剩下幾小時的意識，而這幾個小時並不足以讓他樂觀地面對接下來的情況。他人在牢裡，在一個充滿敵意的環境裡，無法好好地進行調查。他剛剛又給自己添了幾年的刑期，這是他唯一還能夠愛人的方式。等佛拉迪米和另一個傑瑞米在健身房行動時，警衛會在那裡突襲他們。他投擲到中庭的匿名信上寫得夠清楚了。

他寫的另一封信是向維多莉亞與皮耶揭發他與克羅蒂的姦情，讓克羅蒂無法再告密。

傑瑞米把他的分身完全孤立起來，讓維多莉亞免於遭受威脅。同時，他判自己在監獄裡關到老死，再也沒有機會為他的噩夢找到解脫的方法。

現在他只能睡覺、等待。他希望那是一種寧靜或是逆來順受的等待。但在他醒著的腦海裡，閃過幾個他短暫人生中的回憶。

這時，就像一陣冰冷的強風刷過敞開的房間，一陣恐懼侵襲他。是一種巨大的、連他僅存的理性都無法平息的恐懼。突然，他腦海裡浮現一幕他不認得的場景：一歲、或是更大一點的他，站在加了欄杆的嬰兒床上哭泣。他尖叫，希望父母來找他，把他抱離在暗處窺視他的鬼魂。那些鬼魂把他妹妹弄哭，最後讓她永遠閉嘴。他明白是侵襲他的恐懼喚醒了同樣恐懼的記憶。黑暗就在那裡，準備吞噬他。鬼魂就在那裡，準備要害他。再過幾分鐘，他就會變成他們的一分子。老人又開始祈禱。傑瑞米頭一次因為看到他、聽到他熟悉的聲音而感到安心。這人是在為他禱告，是為了他好。所以傑瑞米聽著禱告，就像從前聽母親唱搖籃曲一樣。為的是忘記恐懼而睡去。

第七章

既不是飢餓也不是好奇把他拉下床。他看到洗手台上的鏡子，所以立即跳下床走過去。他不敢馬上看鏡中的自己。他先掬起水，把臉打濕。他覺得皮膚更鬆弛、更脆弱了。在他粗糙、僵硬的手下觸到的是沒有彈性的肌膚。於是他看向映在鏡中的影像，因眼睛所見而嚇了一大跳。他的眼睛倉促地掃過他的臉，不知該停在哪一道細紋上。究竟是多少年的光陰才能在臉上留下這麼多刻痕？黑眼圈布滿了他的眼睛下方，新皺紋爬滿全臉，尤其在嘴角和前額處。他的皮膚變得鬆弛，臉也變圓了。至於他的頭髮，已經變得稀疏，原本不久前還茂密的髮際，現在已經禿了好幾個窟窿，露出了頭皮。而太陽穴周圍更是添了許多白髮。

我應該有六十歲了。這是他第一個洩氣的反應。

然後他想了想又糾正自己。不，是四十五或五十歲。我老了啊。

他繼續往臉上潑水，彷彿是想洗去這影像，擦去這些痕跡，修補所有的傷痕。

他躺回床上，看著光滑發亮的天花板。

我的生命流逝。我又好幾年沒有恢復意識。我遠離了她，獨自老去。而她也在沒有我的日子裡老去。這麼多年。這麼多年了……

他覺得好想放棄。他沒有理由繼續活在現在。今天是哪一天，他人在何處，是什麼事情讓他變成這樣的……這一切他都不感興趣了。他決定等，等著再次睡去，又再次變老醒來，這樣不斷重複直到死亡為止。畢竟，他離死也不遠了。

午餐的餐盤已經放在那裡，傑瑞米動也沒動，又被收走。他成功地抽離自己的身軀。他一直躺著，讓念頭隨興而至，任其冒出來、成形，然後爆炸，或是慢慢消逝，讓下一個念頭冒出來。他漫不經心地在腦中重播自己的人生片段，維多莉亞的臉便不斷、不斷地浮現。他曾經擁有過她的愛，卻又失去了她。她的每一個影像都牽動著不同的情感，那是無窮無盡的熱情泉源，即使在每一個幸福的顫動背後，都有一道痛苦的冷風，威脅要吹熄這令人安慰的回憶之火。

門被打開，一名警衛進來。

「德雷格，準備好沒？」

獄警檢視牢房，怒氣沖沖。

「你還沒有準備你的東西？你不把我的話當一回事？你要出獄了還不高興！你還有十分鐘！」他大聲說完後出去。

傑瑞米一直到聽懂了這番話，才從思緒中清醒過來。

這算是好消息還是壞消息？這對他來說有何意義？他已不再期待會有什麼好事發生。他只求自己能夠痊癒。可是，這麼多年又流逝了！這麼多年啊。他還能挽救什麼？一旦出獄，另一個傑瑞米又會幹什麼好事？

他拿出一個黑色垃圾袋來整理東西。這無疑又讓他有機會發現新的線索。他現在已經很習慣做這件事情了。想到他的病讓他養成這樣的習慣，他不禁笑了，才幾天的時間就足以讓他養成新的習慣。他打開壁櫥，把裡面的東西扔到床上。除了衣服之外，他發現一個破舊的紙箱，裡面放著一些文件。他把箱子置於桌上，開始搜索。

他找到的第一封信是克羅蒂寫的，日期是二〇一二年六月六日。

親愛的王八蛋：

我不知道你打的是什麼算盤。也許你根本沒有目的。

當皮耶把你寄給維多莉亞的信拿給我看時，我搞不懂狀況。我一開始以為那是一種愛的表現。我真是白癡！我真笨！我以為你這樣做是為了破壞我與皮耶的關係，讓我完全屬於你。然後我很快明白這一切並沒有意義。你不可能這樣做，因為你無法愛人。

皮耶深受重創。他立刻要我離開。而最讓我難過的是：因為一個不再愛我的男人，害得我被迫離開一個愛我的男人。我不得不承認，你果真是皮耶曾經難過地形容的那種人：一個樂於傷害人的瘋子。

我本該求皮耶原諒我的，但我知道那是徒然。我們早已漸行漸遠，彼此間的距離已經讓我們無法了解對方。我帶著對你的恨孤獨度日。我會讓你付出代價的，傑瑞米。是你教會我殘酷。相信我，我會很殘酷。

克羅蒂

所以，他一部分的計畫成功了，維多莉亞已經收到信。他很難過得知皮耶因此而痛苦。但是他無疑也幫了他一個忙，讓他知道克羅蒂與另一個傑瑞米的姦情。

他找到另一封信，馬上就認出字跡。他一時激動得無法抑制雙手的顫抖。那封信寫於二〇二〇年三月十八日。

傑瑞米：

我一直相信總有一天我們會恢復正常的關係，一家三口和樂融融，走出我們所遭遇過的所有困境。在你自殺後我們第一次重逢時——那是二十幾年前的事了，我重燃起希望。我又重新看到懂得愛人、關心人，而且又感性的你。我很高興地告訴你父親，而他也忘記他的面子問題，在聽到我跟你相處幾小時後的情況，高興地笑了。我相信他甚至很後悔沒有跟我一起去看你。可是我們的快樂沒有持續多久，因為你很快便又鄙棄我們。你再度拒絕與我們見面。我們又再度陷入不解。而這次的傷口更痛，因為我們真的相信你的承諾，以為要與你重建新的未來。我打過電話給你，懇求過你，但是都喚不回你。

這一切就像是一場噩夢。噩夢始於你想死的那天，但其實你殺死的人是我們。維多莉亞和皮耶都說你生病了，說你偶爾會在你生日當天，從病裡醒來。這或許是真的。

你父親和我只好相信這些假設，畢竟這讓我們得以暫時不去推敲原因，走出讓人窒息的傷痛，呼吸一點新鮮空氣。我們實在難以接受自己的兒子、我們唯一僅存的兒子，竟然會討厭我們。

之後，你爸爸拒絕再抱持希望。他不准我談到你，或是提起你的名字。他想說服自己你已經不存在了，你自殺當天就已經死了。而他的人生也到此為止。他不去散步、不見朋友，就連小孫子們來看他都不能減輕他的痛苦。他病了。我忙著照顧他，每天期望著你會來按我們家的門鈴，期望著你的回家會是你爸爸最好的一帖藥。

可是過去這四年來日子好難熬。你爸爸喪失了理智。有時在他無神的眼睛裡，我看到你的身影出現，我驚訝地發現原來我在恨你。我們本來一直想像退休後的日子是在宜人的沙灘上度過，舒舒服服地躺在溫暖的沙灘上享受恬適與寧靜。在經過多年的風風雨雨後，我們終於可以平靜地在沙灘上安享晚年。可是你卻把我們的退休生活變成地獄。

你爸爸昨晚過世了。他痛苦地走了。他在臨終前痛苦地喊著你的名字。

也許他到了另一個世界後，會原諒你。

但我不會。

米麗安·德雷格

傑瑞米的吶喊劃破監獄裡慣常的吵雜聲。

厚重的鐵門在他身後關上。耀眼的太陽讓他瞇起眼睛。任何囚犯都會珍惜這自由的感覺，可是他卻站在那裡，驚恐地，被太陽照得很茫然。

他被關了十二年。他是在出獄文件上看到日期才知道的。

現在他要去哪裡？他還要設法再進監獄，好保護維多莉亞與孩子嗎？

他還有幾小時可以思考。

街上，生活的喧囂、節奏以及脈動從他身邊掠過，試圖將他捲入。但是他的心根本不在這條街上，也不屬於這忙碌裡。他的人生在他方展開，在不同的時空裡。

他朝著他入獄時維多莉亞住的公寓走去。

他走進曾經躲在裡面窺視家人的花園。他坐在維多莉亞幾年前坐過的長凳上。他忽然覺得有股微微的暖流通過身體，彷彿維多莉亞留下了些許電波，而他的身體接收到了。他想起她說過的話，想起她的眼淚，想起她那被命運擊倒的模樣。他深深陷入思緒裡。他的母親、妻子與孩子，一個接一個出現在腦海中，他們對他微笑，教訓他，擁抱他，對他哭，或是恨著他。

他不知自己在那裡待了多久、又緊盯著公寓的窗戶看了多久。維多莉亞還住在這裡嗎？她應該會搬離這些與痛苦的過去有牽連的地方。他走向建築物的入口，檢視信箱上的名字。維多莉亞的名字已經不在了。

他去母親住的公寓，希望可以見著她。她應該有七十九歲了，年齡與苦難一定在她身上留下痕跡。他一直走到聖殿市郊路，駐足在公寓前。昔日幸福的景象不斷在四處浮現：在家門口、在人行道上、在長凳上、在入口處。他走進巷道，悲傷地發現建築體已經被翻新了。以前，孩子們會在木製的信箱上面刻下自己的名字，現在，木頭信箱已經被鋁製的信箱取代了，老舊的瓷磚也換成了大理石地板。

他掃過對講機上的名字，他母親的名字不在上面。他試著平息自己的恐懼，想著她寫給他的信。四年前她還在世啊！但這四年對一個失憶者和對一個老婦人而言，可不是同樣的意義。

他就這麼被棄置在一個沒有角色可演的故事中，他好想獨處，放下所有的痛苦。

他看見不遠處的同一條街上有一間小旅館，是那種沒得選擇才會入住的破旅館。房間很髒，剝落的畫上有污漬，慘白的光透過黏黏的窗簾照進來。但是傑瑞米一點都不在乎這些醜陋的裝飾。

他躺在床上，閉上眼睛。

大約一小時後傑瑞米聽見有人敲門。他沒有反應。他沒在等人，也不為任何人而存在。

又是一陣敲門聲。

然後門把在轉動。傑瑞米看見門緩緩打開，他先看到一個人影，然後是那人的眼神。一個男人在看他。他在猶豫要不要進房，停在門口幾秒鐘，然後走進房間的燈光下。

儘管不知過了多少年，傑瑞米還是認出了在凝視他的人。

傑瑞米坐在床上，面對西蒙。他們沒有交談。在他兒子那張嚴峻、無情的臉上，傑瑞米還是認出了他不熟悉的孩子。他有種冷酷的俊美，臉上的每個特徵都勻稱得完美。

傑瑞米既感動又不安。即使他不敢奢望西蒙會上前擁抱他，但西蒙冷漠的眼神也傷了他。

西蒙開口說話。

「我是來問您一個問題的。」他堅決地說。

被兒子以「您」稱呼讓傑瑞米很受傷。他想起那些先是造成他們對立、彼此疏遠、甚至到最後完全變成陌生人的衝突。

傑瑞米知道西蒙來找他的原因。他嘆了口氣，表示自己的無能為力。

「我無法回答。」

西蒙咬緊牙。

「你是來問我對你母親、對你們有何意圖。」傑瑞米繼續說，「你想知道我下一步會怎麼做。但是，我什麼都不知道。」

「您不知道？」西蒙氣憤地重複。「這對我來說，已經是一個答案了！」

「不。我不知道是因為我只能保證我今天的感覺和行為。明天，我就會變成另一個人。一個我控制不了的人，我只知道他是個壞人。」

西蒙衝到他父親面前，抓著他的襯衫。

「給我聽好，」他邊說邊搖晃他，似乎是為了要他明白他話中的重要性。「獄方通知我們您的刑期即將結束，這幾星期來我母親怕死了。她吃不下也睡不著。我從您出獄就跟蹤您。我看到您去過我們以前住的公寓，也看見您去我奶奶的住所。我不知道您在打什麼主意，想要找什麼，但是有一件事情要搞清楚：如果您接近我的母親，如果您企圖傷害我們，我發誓我會毫不猶豫做出……讓您後悔的事情！我母親已經夠苦了。我不要她像我祖父母一樣死於恐懼或是痛苦。我不會讓您摧殘她！我發誓！」

西蒙鬆手，把傑瑞米用力扔回床上，臉上又恢復冷漠與勻稱的美。他朝門口走去。

「等等！」傑瑞米大喊。

他的語調讓西蒙有點驚訝。

「你說什麼？我媽媽……我媽媽她……」

西蒙有點困惑但是依舊充滿防備：

「您知道的。她兩年前過世，都是因為您。她鬱鬱而終。她先是沒了兒子……然後沒了丈夫。她放任自己死去，她不再進食。我們的愛對她來說還不夠，她要的是您的愛。」

傑瑞米跌在地上。他覺得有股巨痛在燃燒他的心，他的心每跳一下就打出如滾燙岩漿般的液體，衝進他的每一寸意識、每一寸肌肉裡。他化成了一股炙熱的火，即將燃燒殆盡，化為灰燼，混入塵土，而他嘶啞的叫聲與嗚咽也將化為烏有埋入土中。

他哭了一會兒，當他覺得整個人抽空時，他站起來靠著牆。

「我也不想這樣啊，西蒙。」他呻吟著。「我多希望跟你母親過著正常的生活。我的人生本來可以很美好……如果……如果我沒有發瘋，如果我的體內沒有這個把快樂建築在別人的痛苦上的禽獸。我不知道我受的是什麼苦啊，西蒙。我只知道我一直不是我自己。我只能偶爾清醒，瞥見自己造成的破壞。」

「在您生日的那天？」西蒙冷靜地問。

「你怎麼知道？」

「媽媽告訴過我。」

「所以她相信我。」

「是的……可是……她總是說您的話不能信，因為您老愛說謊。不過，當您為了毒品的事情向警方自首，她整個人崩潰了。另外像是您寫信來說您跟……皮耶的太太有染，以及警告我們要注意一個叫佛拉迪米的人時也一樣。她告訴我這一切，我也相信她。我想到您帶我去醫院那天。那一天，您跟平常不一樣。您不是我與湯瑪認識的那個人。可是，第二天，湯瑪又開始怨恨您，而我也開始忘記您。」

他一字一句慢慢說。

「我並不想這樣啊，西蒙。」傑瑞米重複說。

兩人陷入沉默。然後西蒙又開口。

「如果我接受……（他停下來思索）明天會發生什麼事情？」

「我不知道。你討厭我，不是嗎？」

「我分不清楚今天的您、昨天的您以及明天的您。這太難了。反正，這一切都沒有意義。」

「我了解。」傑瑞米起身走到兒子面前。「好好照顧你母親。我會就此甩掉那個壞蛋。」

「您要怎麼做？」

「我還不知道。我會想到辦法的，相信我。對於我們無力掌控的事，還是不要知道比較好。」

西蒙首度垂下眼睛。

傑瑞米好想擁他入懷，緊緊抱住他，既為了安慰他，也為了想藉由和兒子的接觸，汲取一點欠缺的溫情。

「我知道你想對我說什麼。不要擔心。你走吧。」

西蒙要走時，傑瑞米又大叫。這回他的聲音破了。

「西蒙，我要問你……維多莉亞……你媽媽……她有重新展開人生嗎？」

西蒙回他一個無力的微笑。

「對於我們無力掌控的事情，還是不要知道比較好。」

夜幕低垂。他恨不得夜晚趕快過去，好離開這痛苦的世界。他還有整整一小時可以擬定計畫，讓自己得以遵守離開的承諾。要再次犯罪好馬上被關？這個辦法簡單又方便。只要去闖空門即可。

傑瑞米特別想到西蒙。他欣賞他的做法。他很高興動搖了兒子對他的恨意。他也想著維多莉亞，她知道那個愛她的傑瑞米偶爾才存在，她確實應該躲著他，但是每年他的生日時，她一定會想著他。

突然，他聽見門把的轉動聲。

西蒙又回來了！傑瑞米幻想自己將與兒子交談，好好利用他意識清楚的時刻，試著了解彼此。這是一整天當中傑瑞米第一次有了微笑的理由。

門打開來，三個男人衝了進來，拿著武器對準他。

「不要動，混蛋！你敢動就殺了你！」

是三人中最粗壯的那個在大聲喊叫，他鬥犬般的模樣讓他看起來很嚇人。他粗壯的大腿上撐著他強而有力的上半身；他的頭很大，好像是直接從肩膀上冒出來似的，他的頭髮理得精光，眼睛很小而眼神殘酷。他的旁邊站了一個金髮高個子的男人，臉長而瘦削，長得像漫畫《三隻懶蟲》（*Les Pieds Nickelés*）裡的其中一個角色霍奇紐。第三個男人比較矮小，棕色短髮，濃眉大眼，嘴唇厚的像女人。他比另外兩人冷靜，只是盯著傑瑞米看。

霍奇紐與鬥犬各站在床的兩邊，用手槍指著傑瑞米，棕髮小個子收起武器，在桌上坐下。

「你看，德雷格，我們逮到你了！」他輕聲地說。「我們不急，你就以為我們會忘了你嗎？」

傑瑞米很快就明白了這些人是誰，但矛盾的是，他並不因此而害怕。這段過節跟他並不相干，他還差點笑了出來：解決他分身的辦法可謂得來全不費工夫啊。

「你沒什麼好說的嗎，德雷格？」史塔科威脅地說。

他能說什麼？這些人要找的不是現在的他，他們來錯時間了。

「你得給我解釋，從頭到尾給我解釋清楚。」

傑瑞米還是不說話。反正他怎麼解釋都無法讓這個男人滿意。

「好，那我幫你說。我們先講你的背叛，那已經是好幾年前的事了。你為何把我們的貨交給條子？你在打什麼主意？你要整馬可那小子？那我們倒是處理了。玩我們貨的人不可能不被處罰。我相信那不是你的理由。你應該會有別的辦法來整他。你是那麼狡猾的人。聽說你連在牢裡都有本事收買獄方和幾個大哥。所以……到底是為什麼？」

他看著傑瑞米，等他回答。

「接著，」他繼續說，「你又計畫殺我兄弟，由佛拉迪米負責下手。可是第二天，你又出賣你麻吉。我搞不懂你的計畫。你坐牢十三年，一無所有，沒人幫你，口袋也空空……我真的是搞不懂耶。我最討厭搞不懂狀況。你得給我解釋清楚。」

傑瑞米不回答。他甚至開始同情起這個花了好幾小時試圖破解謎題的人。

鬥犬用槍口揍了他一下，力道大得讓他暈了片刻。

「德雷格，講話啊！」

這一回，是霍奇紐拿槍托揍他的臉。他感到有股熱熱的液體在他嘴裡流動。

可是他還是不怕也不恨。這場暴力的對象是針對他的分身。

頭上的另一擊使他失去意識。

等他醒來時，那三個人正在討論。霍奇紐用頭向史塔科示意，後者轉過來看著傑瑞米。

「醒了啊？你又回到我們身邊啦？剛好！我們可以繼續談談。」

他以驚人的暴力賞傑瑞米巴掌。傑瑞米以為自己要昏了。但他及時明白他暈的原因不只是因為被打，他又要墜入時間的深淵裡。他認得每一個症狀，他的身體開始放鬆，他的痛苦消失。

史塔科帶著邪惡的笑容看著他。

「你真是條硬漢，德雷格。你不叫，也沒有反應……我勸你最好還是開口說話。因為如果我搞懂你為何做了這些事情，如果我相信是你讓我兄弟免於被佛拉迪米做掉，我可以寬容一點。不然的話，我要殺一儆百，讓人知道我們家的人惹不得。這是黑道的規矩。不管過了多少年，我都要讓人知道，搞我們的人活不了。」

他以眼神質問傑瑞米。幾秒鐘後，他嘆口氣，決定放棄，向他的打手們示意。他們像獸性大發般衝向傑瑞米，毫不留情地痛揍他。

傑瑞米閉上眼睛，試圖喘息，等拳打腳踢停止後，史塔科彎下腰看他。

「德雷格，怎麼樣啊？我再給你一次機會說話。你知道嗎，你越是抵抗，我越是敬重你，也就越想知道這到底是怎麼回事。」

可是史塔科的話傳到傑瑞米的耳朵已經延了幾秒鐘，他只看見他的厚唇在動。

他覺得全身發冷，四肢僵硬。他即將離開這宛若爛偵探小說的情節。

史塔科的影像漸漸模糊。他聽見周圍的人討論的聲音。

很快地，他聽見另一個聲音，一個比較熟悉的聲音。禱告開始了。他輕輕轉頭，看見那名老者。他在床的左側，低頭看書，隨著祈禱的節奏搖擺。

這時傑瑞米看見一個黑影靠近。為了不要昏過去，他仔細地看著這個身影，試圖嚥下流過他喉間的血，大口吸氣。他認出那是史塔科的身影，離他有一公尺，他看見他的手槍槍口指向他。

老人祈禱的音量加大，每一個音節都以堅決的手勢強調。今天他的祈禱還真是派上了用場。

傑瑞米聽見爆炸聲，一片火光在他眼前爆開。

第八章

「德雷格先生，您醒醒！今天是大日子！」

傑瑞米沒動靜。他動也不動，眼睛閉著，希望快點再度入睡，讓這荒謬、支離破碎的人生快點過完。

「快醒醒啊，德雷格先生。真是個懶蟲！好，我要幫您梳洗了。」那女人的聲音繼續說。

傑瑞米不明白這些話是什麼意思。他睜開眼睛，發現自己躺在一張床上，全身赤裸。一名女護士帶著手套，彎腰擦洗他的雙腿。

他試著拉起被單蓋住裸體，但是他的手不聽使喚。當他想要抗議時，一個奇怪的聲音從他的喉間發出。他完全無法動彈。他的身體笨重、遲鈍地躺著，像一塊老舊的木頭。

他嚇壞了，更加使勁地想要移動，但只有右臂可以擺動。他的眼睛瞪得大大的，看著護士把他當成一件物品似的處理。

「喔！冷靜一點，德雷格先生。我只是幫您擦澡而已！您不要驚慌！不要用這樣的眼神看我。這個人還真奇怪！他一下子很安靜、很乖，又會突然間變得一副想殺了你的模樣。」

傑瑞米尋找她說話的對象。在房間的另一邊，他看見另一名女護士在幫一位老人擦澡，老人乖乖地任人擺布。

「好了，您全身都乾淨了。我幫您穿上睡衣與家居服。您今天也許會有訪客。」

等他搞清楚狀況後，傑瑞米十分驚恐。這次醒來他又有新的噩夢纏身，而且比之前幾次都還要恐怖。

護士幫他穿完衣服後，又迅速幫他刮鬍子，然後梳頭。

「您現在帥得很，德雷格先生。我給您看看。」

她把鏡子擺在他面前。

傑瑞米幾乎本能地閉上雙眼。他會看到什麼？他真的要面對這個已經預料到會很殘酷的現實嗎？

可是他敵不過好奇心，他睜開眼睛看鏡子。才一眼他就後悔了。他看到一個上了年紀的人，一個老人。皮膚皺皺的，輪廓凹陷，頭髮幾乎全白。在前額上有一個圓形腫大的疤痕。

這景象真的是百分百的恐怖，讓他知道又有多少年流逝了，還讓他明白自己沒有未來。如此無能地被囚禁在病床上，他還能期待什麼？

他被困在不能動的身軀裡，但他試著冷靜、推敲。這樣的狀況不就代表他完全戰勝另一個傑瑞米？他贏了他的對手。他正在承擔後果。

護士走過來。

「好了，我們要用餐了。」她一邊說一邊拿圍兜圍在他脖子上。

傑瑞米獲准被推去外面散步。午餐結束時，一位醫護人員帶他去食堂，然後端來一個上面點著蠟燭的蛋糕。

「德雷格先生，生日快樂！」她對自己的舉動很驕傲地說。「蛋糕上不夠插上六十五根蠟燭，所以我只插了一根，一樣可以慶祝！」

傑瑞米不太在意地記下這項訊息。六十五歲，他心想。可是他看起來更老。他跳過二十二年的生命。二十二年都沒有醒過來。無所謂，反正他快死了。

護士要食堂裡的人注意。

「我們來幫德雷格先生唱生日快樂歌。來，大家跟我一起唱！」

所有的老人，不管是神智清楚的、一臉茫然的、快樂的、悲傷的、殘廢的、癱瘓的，都一起唱歌祝他生日快樂。傑瑞米一臉恐懼地看著大家。人生開了他一個大玩笑。他本想睜一隻眼閉一隻眼，漠不在乎地度過餘生，可是人生偏偏要騷擾他，手段精巧又殘酷。他變成困在失能老人軀體內的二十歲年輕人。他身邊都是一些失神、親切或是恍惚的臉龐，在幫他唱歌慶祝逝去的光陰。他開始笑，歇斯底里地笑，一邊笑一邊因為咽喉堵住而窒息，他像瘋子一樣笑，露出他無法解釋的病態笑容。

我變成活死人了。我跟這邊的人一樣。我沒有了家人，我孤零零的。害我的人一定不得好死！我竟困在輪椅上，被人一小匙一小匙地餵食，還跟瘋子一起唱歌！

現在他恢復平靜。陽光撫著他的肌膚。護士把他推到陽台，他在微風中享受這獨處的片刻。

他恨不得現在死去，平靜地處在這種舒服的感覺中。他閉上眼睛想入睡，希望終點快點降臨。

「生日快樂！」一個他立刻認出來的聲音說。

西蒙站在他面前，手上拿著禮物。

再次見到他讓他又驚又喜，可是以病容示人又讓他很不自在，這些五味雜陳的感覺使他困惑又緊張。兒子找他做什麼？他怎麼會看起來那麼親切？他之前就看過他這等難堪的模樣？

西蒙坐在他面前。他看起來有點不好意思，抿著嘴唇，好像不知道該說什麼。

傑瑞米試圖與他說話，但是他的嘴只能勉強擠出一個音節。

西蒙不知該說什麼或做什麼，只能微笑地拿出禮物，放在傑瑞米的膝蓋上。

「我來幫你開禮物。」

傑瑞米聽到他以「你」稱呼他，感到很高興。

西蒙拆開包裝，拿出一頂帽子和一條圍巾。他遲疑了一下，然後把圍巾圍在父親的脖子上，接著幫他戴上帽子，並後退一步看他戴起來的樣子。

「挺適合你的。」

傑瑞米輕輕點頭表示謝謝，然後慢慢抬起手臂。他很高興看到西蒙這麼關心他。

他試著緩緩呼吸，想說出幾個字，但還是只能發出一些奇怪的聲音。

「你要跟我說話？護士說你可以用右手寫字。她們給了我紙筆。」

原來他還剩下一種溝通的方式。

他抓住紙筆開始寫字。

你為何來看我？

西蒙拿起紙來看他寫的問題。他沒有馬上抬起頭，依舊若有所思，嘴上掛著苦笑。

「因為是你的生日。也許今天你又會變回我爸爸。」

傑瑞米聽了心好亂。

他比了比手勢，拿回紙張。

自從我們上次見面後，你有來過嗎？

西蒙點頭。

「有，我常來。尤其你每次生日我都來。你從來沒有問過我這些問題。」

兩個人深深地對望，交換了千言萬語，多少的感情，多少的遺憾和多少的喜悅，一切盡在不言中。

「我每一次來，都希望看到一個徵兆、一個眼神，讓我明白我眼前的這個人，正是當初在旅館房間時的那個人。前五年，你拒絕見我。然後我硬是來到你面前，可是你很冷漠，難以捉摸。我看著你的眼睛轉動，試圖了解我來做什麼。我每次都知道你不是處於正常狀態，在這無法動彈的身體裡面，你是另外那個分身。但今天不一樣。奇怪的是，我幾乎立刻就發現到你不一樣。」

傑瑞米淚眼模糊。他的兒子來找過他、等過他。西蒙握住他的手。

「你怎麼會把自己弄成這樣？」他輕柔地問。「沒有別的解決辦法嗎？」

也許有，可是我別無選擇。跟我說說你，你的一切，你哥哥，還有你母親。

「你覺得這樣好嗎？」西蒙挑著眉毛說。

傑瑞米點頭。

「媽媽與湯瑪不知道你變成這樣。我從沒告訴他們你出獄當天我們見面的事，以及第二天我去旅館而得知你被攻擊的事。我編了一個車禍的故事來騙他們。他們以為你坐上輪椅，長居佛羅里達。我必須讓你遠離他們，讓他們以為你在遠方，已經毫無傷害力，但還好好地過著日子。如果我說實話，媽媽會一直怪自己，她會覺得你是為了救她才讓自己變成這樣。要是她知道你離我們這麼近、又過得這麼慘，她一定無法平靜地過日子。

「是我把你安置在這裡的。我請教過多位專家。我研究過是否有類似你這樣的失憶症病例，可是我遍尋不著。醫生說沒辦法讓你完全恢復真正的你。可是我不放棄……」

傑瑞米緊握西蒙的手。像他這樣不稱職的父親，竟能有這麼出色的兒子。一個至今還想挽救父親、就算他已經癱瘓也在所不惜的兒子。

「啊，對了，」西蒙繼續說，「我忘記告訴你湯瑪和我都結婚生子了！我有一男一女。兒子十二歲了，名叫馬丁，跟……你爸爸同名。茱莉六歲。我有照片。」

他拿出皮夾打開來。傑瑞米看到兩個可愛的孩子抱在一起，在沙灘上。

「他們很好玩吧？」西蒙繼續說。「湯瑪有個五歲的兒子，沙夏。他住在里昂。他在一家重量級美國公司的法國子公司擔任行政主管。我則是藝術家，我畫畫，我的畫還賣得不錯。就這些了，還有什麼要說的呢？你知道，要把這麼多年的事情摘要成幾句話來說可不容易。」

這些照片、西蒙的解說，和他跟父親說知心話的喜形於色的快樂，都讓傑瑞米好滿足。他有一個家，還有孫兒！他征服了分身後才能換取這等幸福。

我為你們感到高興。

你沒有告訴我你母親過得如何。你可以告訴我。我希望她幸福。

西蒙吞吞吐吐，不好意思地說：

「她沒有再婚，不過她和一個男人同居十五年了。他叫做賈克，是名律師。她不工作了，她比較想照顧幾個孫子。她是個很棒的奶奶。」

傑瑞米垂下雙眼。維多莉亞不再屬於他。他只有跟她共同生活了幾個小時、幾天。

我累了。請你陪我回房間。

看到父親突然感到疲倦，西蒙覺得很抱歉。

他把輪椅推到床邊。再幫他脫衣服，把他抱回床上。房外，看護已經開始忙著送晚餐。

西蒙把父親的被子蓋好。他的手略帶猶豫地向前伸，摸摸父親的前額。

「我會常回來看你。你每年生日，我都會過來。」

傑瑞米握拳，伸出手。西蒙看了一會兒，然後輕輕地握拳敲父親的拳頭。

「這個我倒是印象深刻。那一天，是我躺在醫院病床上，而你站在我旁邊。這些年來，我常常會覺得好需要你。我好希望有你這個爸爸，並看著你跟媽媽快樂地在一起。我好希望有一個真正的家庭！」

他試著壓抑讓他說不出話來的啜泣，彎下腰親吻父親。

「我求求你，不要過太久才回來。」他低語。

他走了，留下傑瑞米進入等著他的夢鄉。

第九章

二〇五五年五月八日。

這會是他的最後一天。他一醒過來就知道。

傑瑞米認得醫院，同樣的病房，或是另一間類似的病房。

他老了，身體停止反抗。

他無法驅散飄盪在腦海中朦朧的黑色漩渦，它阻礙思考，干擾視線，淹沒聲音。

這個由陌生的手擦洗的身體不是他的。他是在軀體裡進進出出的靈魂，他在尋找方向，一邊質疑自己的行動。

護士們祝他生日快樂，把他當小孩子似的。其中一人給了他期待中的資訊。

「德雷格先生，再過一年，我們就要幫您慶祝七十五大壽囉！」

他開始計算這次醒來距離上次相隔多久，並將每一個重要的生命階段歸位。

一個只活了九天的生命，卻發生了這麼多的事。其中快樂的事情很少，但那僅有的歡樂，卻是他享受得最淋漓盡致的時光。

九天。犧牲了多少的希望啊。

有人幫他穿上鐵灰色的西裝、白色襯衫以及酒紅色的領帶。他們幫他仔細梳理，還噴上香水。他想他們是想幫他過生日。

他本來擔心他們會拿鏡子給他看自己的模樣，還好沒有任何一個醫護人員想到這一點。他根本一點都不想看到自己變成什麼樣子。他試著動動右手，但它也變得跟身體其他部分一樣僵硬。這像墳墓一般的軀體啊，關著一個剛滿二十歲又幾天的靈魂。

他是一具毫無生氣的身軀。

他是一個老人，唯一的希望是見見兒子。

他必須讓自己最後的幾小時活得有意義，好好地與人生道別，不要愚蠢地溜進虛無之中。他在走之前要再看一眼親人，再摸摸親人的手。

他這傷痕累累的殘破身軀，兒子還會有興趣來看嗎？傑瑞米一想到這點不免在心裡嘲笑自己，他這下子不是又抱著希望了嗎？

春天的陽光輕撫他的肌膚。他開始任由自己胡思亂想，想像陽光穿透每個毛孔，熱活了他的細胞，幫他恢復原本已經消失的活力。他幻想再過一會兒就能起身、走路，有說有笑。

一片雲遮住了太陽，傑瑞米低聲抱怨。他睜開眼睛想看看那煞風景的雲有多大。他看到的是西蒙的臉。傑瑞米覺得身體發熱。像是有了一股新的能量。

西蒙在找尋傑瑞米的眼神，傑瑞米明白西蒙在找什麼。他發出悽慘的聲音。西蒙靠近他。傑瑞米緊緊盯著西蒙看，向他眨眼、皺眉。他要讓西蒙知道他回來了。

西蒙伸出手放在老人的手上。這一接觸後傑瑞米覺得自己的手動了。他把意志力全部集中在身體的這一部分，他的手指動了。他繼續專注，深怕年紀帶來的老眼昏花剝奪了他努力的成果。

西蒙明白了，眼睛盯著這微微動的手看。

這時，他所有的愛，所有的意志力，所有太陽給的能量，以及再見到兒子的那種幸福感，讓他得以彎曲手指握拳，把拳頭抬高幾公分。

西蒙感動得笑了。他把拳頭放在他父親的拳頭上，以勝利的表情看著他。

「你終於回來了是吧？」他輕聲說。「我真的好高興啊！這就像老天給的徵兆！我期待了好久啊！今天是我兒子結婚大喜之日。我要你來參加！」

他坐下，抓起父親的手來按摩。

「我知道你聽得到我說的話。我知道你有很多問題要問。我會試著回答你。我首先要說的是，我常常來看你。不只在你生日的時候。九年前我們見面那一次，讓我真的好感動。當然，每次看到你，我都知道你不在場。但我只要與你共度一小段時光，知道在這不會動的身體裡有我父親的靈魂，那就夠了。

「當我們決定了馬丁的婚期，我祈禱你能到場。我真的好想向你介紹家人。

「昨天我向所有的人提到你。當時全家人都在家裡聚會。我告訴孩子們他們有個爺爺，他們今天會跟他見面。你知道嗎，他們都很感動。他們甚至怪我對他們隱瞞事實。我也自問自己這樣保密是否是正確的決定。可是我告訴自己，太遲了。一切都來不及了。歲月已經流逝。

「我也向媽媽和湯瑪提起你。

「他們非常震驚。湯瑪甚至好像有點怪我，但也說不出是為何。媽媽則是鬆了一口氣。我老實告訴你，今天要見你這一件事讓她心神不寧。事實上，她不知道該怎麼想。

她以為你已經失去意識，所以也就比較能接受要跟你見面。

「好了，我不知道是否都解答了你的疑問。我不知道你是否願意跟我一起走，可是在人生中，兒子偶爾也有要幫父親做決定的時候。」

傑瑞米動一下手，讓兒子放心。想到要以如此衰弱的模樣出現在維多莉亞面前，他一開始覺得害怕。可是一想到他就快死了，就覺得有必要再見她最後一面。

「你是個很帥的爺爺。」西蒙說，「你留鬍子很好看。護士應該已經準備好你的東西。我幾分鐘後來接你。」

西蒙起身離去。傑瑞米忽然覺得好累。

這一次碰面花了他太多力氣，讓他太過激動。

他讓身體放鬆。

他們來到猶太教堂前。

西蒙抱著他下車，然後小心地將他放到輪椅上。他推著他步入賓客之列，他們在人行道上互相打招呼。傑瑞米看到有無數眼光投射在他身上。他一路上聽到竊竊私語，有疑問也有評論。

一名年輕女子走過來，傑瑞米有好一會兒以為自己瘋了。她真的好像他二十歲當天離開維多莉亞時她的模樣。

「我給你介紹，這是我女兒茱莉。你的孫女。」西蒙看著他們倆說。

驚嚇過後，傑瑞米溫柔地看著她。如果說她的風采與笑容像她的奶奶，她的臉則比維多莉亞的要來得嬌弱。她深藍色的眼眸散發著一種溫柔，似乎特別惹人憐愛，要人撫摸。她英挺的小鼻子是勻稱的大師之作。

她傾身靠過來親他。

「爺爺好，我很高興認識你。」

傑瑞米僵直的身軀，和除了微微咧嘴的嘴角外毫無反應的神情，都讓她嚇了一跳。她抬頭看她父親，父親的苦笑解答了她的疑問。

「我把你交給茱莉。婚禮當中由她來照顧你。我要挽著我兒子岳母的手進場。這是我的任務！」他說完便消失在賓客當中。

茱莉溫柔地看著她的爺爺。

「你知道嗎，我真的很高興可以見到你。我不太認識你……但是我真的很高興。」

傑瑞米深深為這張臉著迷，她讓他想起太多逝去的愛。他想到維多莉亞應該跟他差不多年紀。他覺得自己好笨，剛剛竟然沒有想到這一點。他自從抵達後，就試著在賓客群中找尋她的蹤影。她會像他一樣衰老嗎？他打了個寒顫：難道他不想保有那至今縈繞在腦海的美麗影像？

「我們走吧。家人有保留席。」

這句話讓傑瑞米好感動。他是有家人的！

茱莉把輪椅推到座椅行列的盡頭，在祭壇右側新人坐的地方，然後在他旁邊坐下。不久後，其他人過來與他打招呼，親切地問候他，與他行吻頰禮。茱莉試著幫他介紹，可是傑瑞米很快就應付不了。他們是一大堆表、堂親，叔伯阿姨的。有時傑瑞米會認出某個名字，但是很快又有另一張臉出現打招呼，讓他來不及了解這些在他身邊團團轉的男女與他有何親屬關係。不過他很慶幸自己成為焦點，身處於熱鬧當中，聽到這些親切、熱情的問候。

「好了，要開始了。」茱莉在他耳邊悄悄說。

小提琴的樂聲揚起，表示典禮開始。

傑瑞米看不到進場的那兩個人，他們離他很遠，所以他只能看到兩個模糊的身影隨著節奏前進。根據禮俗，進場的應該是新郎與他的母親。他們在祭壇下方站定，然後新娘挽著她父親的手入場。西蒙跟在後面，洋溢著幸福，手挽著新娘的媽媽。西蒙走到他父親面前時對他微笑，並對他女兒眨眨眼。

接著是祖父母輩進場。當兩個人影接近祭壇時，他馬上認出維多莉亞的樣子、步伐以及姿態。血液大量湧向他的腦袋，他看到猶太教堂內以紫、金為背景色的場景開始晃動。他的情緒太過激動，他怕自己失去意識。不過在激動過後出現一種安慰的感覺。他察覺自己的心怦怦跳，全身慢慢熱了起來，他終於覺得自己還活著。只有維多莉亞才能讓他有這種感覺。

當她距離他不到三公尺遠時，他可以觀察到她的臉，兩人四目相對。她盯著他看了好久，傑瑞米趁機凝視她的臉，閱讀她默默傳遞出來的每一項訊息。她的眼神吐露著溫柔，但是也有不安，也許還有一點恐懼。她依舊很美。年紀只是讓她的輪廓變得柔和，在她的眼角印上幾條皺紋而已。

傑瑞米意識到有許多人正在見證他們之間沉默的眼神交會。

茱莉則是害羞地低下頭，以免干擾這一場安靜的對話。

所以，你來了。維多莉亞的眼睛如此對他說。經過這麼多年，我們又在此聚首，參加一場愛情的神聖典禮，也是我們幸福結晶的延續。我憶起我們的愛情，傑瑞米。要是一切沒有變調，我們的愛情原本該是一段佳話。要是你沒有企圖自殺，要是我早點明白你是我的白馬王子，要是我們把你治好的話，要是……你一直是那個在二十歲生日當天，用幾句話就讓我明白我不過是個白活一遭的人。我們應該可以走得更遠，走到他方，甚至一起走到這裡，肩並肩坐著，欣賞我們創造的作品，為他們青出於藍而想勝於藍的野心感到驕傲。可是傑瑞米，看看我們！你坐在輪椅上，臉部僵硬。而當祖母的我，費盡心力想讓自己看起來更年輕。從你唯一有生氣的眼睛裡，我看出我們對這消逝的人生有著同樣的遺憾。

傑瑞米也給予回應。

是的，這是我們的重逢，不可思議又徒勞無功的重逢。我們彼此錯過了。今天也一樣，在我要死的此時，命運讓我看到自己失敗的影像，聽到我失去的悲鳴的回音。

我是來跟妳道別的，維多莉亞，我向這從我手中偷偷溜走的機會做最後的致意，那就像我掬在乾燥手心上的水，還來不及止渴就流掉了，只來得及沾溼我的嘴唇，在唇上留下潤濕的感覺。

要告訴妳我對傷害了妳覺得很痛苦嗎？要告訴妳我很遺憾沒能陪在妳身邊嗎？要告訴妳我多麼希望今天能坐在妳身邊，驕傲地看著我們愛情的結晶繼續寫下我倆開創的歷史嗎？

何必告訴妳這些呢？為了在離開前更加痛苦，還是為了讓妳留下遺憾，做為我在世上留下的最後印記？

我什麼都不留，維多莉亞。我的生命是一道深淵、是一個吸收光線的黑洞。我是一個黑洞，維多莉亞。我的生命像一條長長的隧道，間隔很遠才有幾個能讓我偶爾可以看見太陽的光芒、感受溫和的風的開口，然後又會再度陷入沒有生氣的通道，沒有妳，沒有我，直到下一個開口出現為止。而在死前，我們似乎應該證明自己在這個世上並沒有白走一遭。

那麼在面對死亡時，我又該如何為自己辯解？我真正活過的只有幾天，而這幾天當中又迷失在前前後後的日子裡。

我還愛妳，維多莉亞，就跟一開始的時候一樣。

因為現在的我還是之前的我。

維多莉亞在祭壇附近的一張椅子坐下，背對著傑瑞米。在她身邊，一位優雅的男士向傑瑞米微笑打招呼，那微笑是出於同情而非客套。

維多莉亞的表情尷尬，在位置上坐得過於筆直。她知道傑瑞米看到了身邊的男士，她了解他會怎麼想。然後賓客陸續就坐，維多莉亞被淹沒得無影無蹤。傑瑞米覺得自己越來越無力。他為了抵抗衰弱，精神專注的時間過久。

一隻放在他肩膀上的手讓他清醒過來。

皮耶在他身邊。他變成又禿頭又駝背的老人，眼神還保有聰穎活力的光芒。他看起來心情複雜，一方面高興與老友重逢，一方面對這樣的情況感到悲傷。對傑瑞米而言，就算他一直沒把皮耶當成好友，他至少在那難熬的幾年裡支持著維多莉亞，這一點他很感謝他。

「你好，傑瑞米。我很高興再見到你。」

他停頓了幾秒鐘。

「跟你說話是一件很難的事。要跟你說什麼呢？然而，這幾年來，我一直想像著我們再見的一天。我要扮演好我的角色，好好找你算帳。我要對你破口大罵，直到把你罵得狗血淋頭。」

他苦澀地聳聳肩膀。

「我還以為我辦得到！不過，我當時真的很受傷。」

他又停頓了幾秒鐘，重溫過往的記憶，那對他而言是好遙遠的事情了。

「這些事到了今天還有什麼意義？我們是兩個困在過去的老人。而且……你的情況比我還糟。我知道儘管你只有幾天生日時的記憶，回憶對你來說一定鮮明許多，也一定更讓人心碎。我的記憶則已經變得模糊，有時甚至連我都覺得那不是我的回憶。而且，我要向你坦承，你幫了我一個天大的忙。克羅蒂並不適合我。我重新展開人生，而且我很幸福。我還不至於會感謝你這個混蛋，但是……我知道你這麼做都是為了保護維多莉亞與孩子們。我明白你有多麼愛她。我覺得這真的好不公平啊，傑瑞米。這麼偉大的愛情，竟然碰上這麼巨大的不幸……」

他深深吸一口氣。

「我們都才剛轉身，死神就已經緊跟在後。人生苦短，老人都是這樣感嘆的。年輕時，這些話我們聽不進去，我們滿懷希望地往未來的方向走去。未來這個字眼其實是騙人的，它讓你以為那是永恆的旅程。但是生命說結束就結束，毫無道理。生命裡沒有什麼未來，而是充滿了過去。今天，我的財富是我身為人、身為父、身為丈夫、身為朋友的尊嚴。那是我要留給我所愛的人的遺言，讓他們不要一昧追著未來跑，而該努力建構過去。」

竊竊私語聲越來越大聲，要求皮耶閉嘴。猶太教士已經開始發言。

皮耶的手緊抓著傑瑞米的肩膀。

「我走了。」他說。「我去坐下。待會再來找你。」

時間再一次地拒絕按部就班前進，典禮只持續了沒一會兒就結束。到了祈禱的時間時，傑瑞米覺得自己在顫抖。每一個字，每一個語調，都在攻擊他。他的血液凝結，前額冒出冷汗。

「爺爺，你還好吧？你怎麼在冒汗？沒事吧？」茱莉擔心地問。

她看得出來他不舒服，趁著有人過來幫忙時起身推輪椅，並且儘可能低調地往出口走去。

她幫他擦拭前額。

「你要我叫人來嗎？」她問他。「你好點沒有？」

一個聲音喊住她。聲音自傑瑞米後方傳來。

「茱莉，進去，我來照顧妳爺爺。」

她面露兩難。她想參加完典禮，但是又不想丟下傑瑞米。

「不，我想陪他。」她回答。

「妳放心進去。」那聲音安慰她，溫柔而堅決。「妳爺爺已經好一點了。我會陪他。我們很久沒有見面了，我想跟他聊聊。」

那人握住傑瑞米的輪椅手把，表示他的決心。

茱莉對爺爺微笑。

「沒問題吧？我等一下回來看你。」

那人把輪椅推到一個長凳旁，在傑瑞米對面坐下。

他是亞伯拉罕克里科維奇。他的頭髮和鬍子都被時間給催白了。厚厚的鏡片遮住他炯炯的眼神。他嚴肅地看著傑瑞米，一邊摸著鬍子一邊輕輕搖晃。

「您記得我，對吧？」他問道。

這句話是為了進入主題而非真的問句。

「令郎告訴我您今天會到場。而他剛剛在我耳邊傳話，說您……真的在場。」

他摸摸鬍子然後繼續說：

「我有事情要告訴您。經過了這麼久……」

他吞吞吐吐，因為他一心想找出正確的字眼來說。傑瑞米又像上回他們在監獄討論時一樣的不耐煩。他想知道一切，即使現在才弄清楚已經沒有用了。

「我一直無法忘記您。我們的會面讓我留下極為深刻的印象。您一直讓我很過意不去。就像您所理解的，我對於您的事件有一個想法。您提到在神跟您之間有帳要算。您的行為對神是一種挑釁。您對於所有的宗教形式，時而有興趣時而反感。在我們的會面後，我試著連絡一名猶太教士，他在……猶太神祕主義的領域是個權威。但是沒有結果。那天結束後，我很難過，因為我知道您在等我給您指示、說明。幾天後我與教士見面，把您的故事告訴他。他嚴厲地要我別管您的事，停止所有的研究。他不願意與我多說。在我所處的環境裡，我不能與這樣的專家爭辯，他說什麼就是什麼。我把您趕出我的腦海。我試著不要再去想您的事，但我忘不了您的話。您懇求的眼神以及真摯的語調一直縈繞著我。」

他停下來整理思緒，似乎若有所思。

傑瑞米抵抗疲倦，努力保持清醒。他明白亞伯拉罕克里科維奇掌握了真相。

亞伯拉罕克里科維奇一邊摸鬍子繼續說。

「好幾年之後，我見到了令郎西蒙。他在調查您，還看到您出獄。他知道我去探過監，想知道我們之間講了什麼。他說的話引起我的好奇。所以我又開始對您的案例感興趣。以下是我弄清楚的部分。」

傑瑞米的情緒激動起來。他終於要知道真相了！他剛剛還擔心在亞伯拉罕克里科維奇對他揭曉前，他就失去意識或是死了。他還要再撐一會兒！

「您提到第三十首、第七十七首以及第九十首聖詩，這幾首詩是提供您解答的關鍵。第九十首聖詩要人提防對神提出挑戰。在神的啟示下，任何錯誤都是不能容忍的，祂的憤怒具有毀滅性。『因此祢的怒氣會讓我們永無天日，我們的日子來去就像一陣風。』迷失的人於是重新面對神，請求祂的原諒。第七十七首聖詩：『我呼喊上帝，大聲喊叫。神聽到了我的呼喚，祂聽我說。在我不幸的時刻，我尋找上帝，夜裡我的手也伸向祂，從不停歇。』您聽聽看，傑瑞米。當您邪惡的靈魂出現時，這些話顯得特別有意義。您的人生已經被嚴重的影響。『我思索著遙遠的過去，那些已經永遠逝去的日子。夜裡，我憶起我的讚美歌，我在心裡冥想，我的精神陷入沉思中——上帝難道就這樣放棄了？神不再有憐憫之心？或者，祂一生氣就沒了仁慈？』這些詩都是在講您的故事啊！這些詩都是在講您與神的對峙，在講神有能力摧毀那些挑戰祂的人。這些詩提到人可以過得很充實，也可以……生不如死。還有第三十首聖詩。其內容提到神有能力原諒，讓靈魂得以再次歌唱，得以重建生命，在感恩的心情中綻放生命。上帝常常會再給一次機會。傑瑞米，您已經失去您的機會了嗎？我不認為。真相並非如此。所謂的真相……我完全不能確定……真的……我完全不能確定。」他的聲音幾乎讓人聽不見。

他突然變得很陰沉，眼神迷失在思緒與字句的搜尋當中。他現在似乎在懷疑還有無必要提供解答。

傑瑞米想求他繼續說下去，但是他僵硬的身體讓他辦不到。他的力氣漸漸流失。他要走了，他要暫時或是永久地失去意識。他在做最後的努力，集中他最後僅存的意志力。他反抗他的身體，試圖大叫，但是只擠出了輕微的呻吟。那名猶太教士抬起頭，傑瑞米堅決地盯著他看，眼神中充滿嚴厲，因為他極想弄明白他這些年來為何失憶。眼看就要有答案了，他不想失敗。他在死前一定要知道。

傑瑞米的眼神讓亞伯拉罕克里科維奇害怕。他的頭動了一下，然後人往前傾，以顫抖的聲音輕聲地在他耳邊說：

「傑瑞米，我想……您於二〇〇一年五月八日就已經過世。」

他的身體忽然墜入深淵。他毫無任何感覺，只聽得到亞伯拉罕克里科維奇的聲音。

「您死於二〇〇一年五月八日。不過傑瑞米，每回您清醒過來，意識到自殺造成的後果的那幾天裡，您最後也是死去。

「生命的豐富價值是人類無法確實估計的。我們的每一個選擇都將開啟一個不同的世界。每次醒來，宇宙就呈現在我們面前。這麼多的道路！這麼多的選擇！我們只能靠自己的判斷力來找出通往幸福的道路。但是這當中永遠有絕路，而有時這些絕路卻是最吸引人的，像是拒絕選擇，拒絕前進，以及拒絕活下去。

「二〇〇一年五月八日，您做了這個選擇，傑瑞米。您的決定是一種挑釁行為，是對上帝的侮辱。我們的靈魂來到這世間是為了學習。那些嘲笑靈魂的人，他們不自我建設，終生不追求成長，像行屍走肉一般。既無用，又不事生產。這世上有許多人的靈魂迷失，忘記了最基本的一切，有這麼多失憶的人！這麼多受苦的靈魂！當人還小的時候，知道該遵守何種價值與聽從何種感覺。可是有人偏偏喜歡一意孤行。傑瑞米，您也是一樣，您忘記了基本的價值。您的行為是對生命最嚴重的冒犯，也是對神最嚴重的冒犯。神要您從您的錯誤中學習。所以……所以，有另一個靈魂來附在您的身上，一個只顧玩樂、自我毀滅以及破壞的靈魂。其實那也不完全是另外一個靈魂。那是您惡的一面，也是透過您的自殺所釋放出來的靈魂。

「至於您真正的靈魂則偶爾回到身體裡，幾天的時間，讓您評估行為的後果，看看您的選擇如何破壞了一個世界。只有幾次的甦醒，只在重要的時刻回神，都是為了讓您看看這個您所放棄的生命。

「拒絕活下去也代表您選擇了地獄。認知到我們不可修復的錯誤，即是地獄。所以，神讓您看到您犯下錯誤的惡果。您意識到自己的罪過，但是無力改正。內心的火吞噬了您，或許這就是您的地獄，傑瑞米……

「不過，上帝有時會原諒人。祂會再給一次機會。祂拒絕您了嗎？您有向祂提出請求嗎？您有請求祂的原諒嗎？」

傑瑞米停止呼吸，飄浮在他腦海裡的烏雲突然間占據了他的全部。

第十章

他躺在一個陰暗的房間裡，身體浮在輕輕震動的微波上。遠方，一道親切的微光似乎在等著他。

一個聲音傳出，也許是亞伯拉罕克里科維奇的聲音。但是那個聲音聽起來比較遠，比較深沉。

「人類有能力完成更偉大的事情。他們可以藉由創造生命或是幫助他人建立人生，來建構自己的生命。人不能一個人過日子。孤獨是一種幻想。絕望，則是一種圈套。「孤獨，就是拒絕與他人接觸。絕望，就是拒絕建構理想。當你決定自殺時，你等於是決定去牽連別人，去影響與你有切身相關者的生命。你毀了自己的生命，還有那些以你為主、與你一起架構他們生命的人。你後悔了嗎，傑瑞米？你有多後悔啊？」

那道光明似乎往前行。或者是他往那光的方向移動？

西蒙出現，朝著他過來。傑瑞米覺得他似乎以慢動作在地面滑行。他彎腰親吻父親的前額。

傑瑞米的視線模糊。他聽見兒子以模糊的聲音跟他說話，卻看不見他的嘴唇在動。

「爸，我好想你。你都不在我的身邊，害得我拚命地想把你忘記。小時候，你是躲在我噩夢陰影裡的怪獸。我們因為怕你出現，所以不准講你的名字。可是，有時候我需要想像你慈祥的樣子，在我需要愛、需要溫暖的時候。但是現實總會殘酷地吹醒我的夢，刺傷我的內心。

「當我重新找到你時，已經來不及與你共譜一個故事，只能劃下句點，完成段落裡的最後一句話，給這麼多年的等待一個意義。

「我只認識你幾小時。但那是相當寶貴的幾小時……足以讓我遺憾我花了這麼多年來恨你、期待你。

「我真的好想你。」

然後西蒙消失，換湯瑪進來。

他站在距離傑瑞米幾公尺處。

「真是諷刺啊！你到臨終前臉上才終於有點人性。你是個故弄玄虛、強詞奪理的人。你不讓我無憂無慮地過日子，奪走了我的童年，就此汲乾我的夢想泉源。我的夜裡充斥著醜陋的噩夢。我不敢往前行，怕看到你在那裡，等著摧毀我的母親，破壞我們有著美好將來的願望，不讓我們擁有一個沒有你的將來。

「在你即將去的地方，一個人的價值端看他所遺留下來的種種：愛、恨、善、惡、偉大、卑劣……在審判的時刻裡，痛苦與祈禱將成為他的辯護。

「我接受你遺留下來的，作為呈堂證供。

「我會做不利於你的證人。」

傑瑞米想躲掉眼前所見的一切，不想再聽到這些聲音。這對他真的是種折磨。他的靈魂在找尋一個出口，想要喘息。逃離他的身體？走向那道光？在那溫暖的感覺中找尋慰藉？

這時他的父母出現了。他的父親手裡抱著一個小女孩，可是他看不到她的臉。父親冷冷地看著傑瑞米。

「我不會原諒你的。」

然後他的母親走向前。「傑瑞米，我們到底做了什麼？」她低語。

然後他們離開。

突然間，他的靈魂慌了。那道光在呼喚他。

可是維多莉亞來了。她彎腰靠近他，對他微笑。她的眼神充滿愛意。

「我愛你。」她對他說。

她真的好美！她的出現就像溫柔的撫摸一般讓他平靜下來。傑瑞米的靈魂於是在她的四周飄盪，陶醉在她溫柔的力量中。

然而好幾個聲音組成的禱告聲突然響起。他的父親、西蒙與亞伯拉罕克里科維奇又出現在他床邊。三個人圍著他躺臥、無力的身體，前後搖擺他們的身軀。他們唸著死亡祝禱。傑瑞米於是知道他快死了，他短暫的一生中經歷的所有的苦痛全部顯現，來攻擊他的靈魂。

他尋找那個每次他想死就會出現幫他禱告的老人。老人熟悉的身影知道如何紓解他的巨痛，可是他卻不見蹤影。然而他卻能感受到老人的存在，就在他身邊。現在該是他哭泣、乞求、祈禱的時刻了。此時他的靈魂升起，開始搜尋。靈魂飄盪在房間裡，貼近那些祈禱者的臉，卻永遠觸不著他們。然後靈魂再度升高，看著這幕場景。這時傑瑞米看見了老人。他躺著，眼睛閉著，有三個人圍著他祈禱。

為了逃離看到自己面孔的恐怖景象，傑瑞米的靈魂讓自己朝充滿希望的光明飄去，可是他明明朝著這光的漩渦滑去，卻又好像永遠抵達不了。吸引他過去的是一種可以讓他平靜的力量。他所有的歡喜與苦痛都集中在那裡。那是一種微妙的平衡，所有相斥的力量都在那莊嚴的走廊上集結。

不過他因為有怨氣與恐懼而不知所措。他激動的靈魂還聽到淒厲的聲音，感覺像是刀割在嬰兒皮膚上那般讓人心痛。傑瑞米的靈魂停下來聽那些叫聲，那些充滿痛苦的聲音。他的靈魂動也不動，非常猶豫。

叫聲越來越刺耳。每一次的叫聲都好比一次重擊，讓他後退，讓他重新回到身體的軀殼。傑瑞米再次感受到自己遺體的輪廓，靈魂處於欲走還留的狀態。

這時他感到全身一陣冷。然後又是恐懼感上身。

怨氣越來越重，寒意越來越刺骨，眼前也越來越陰暗。他聽見了母親的聲音。

「我們到底做了什麼？」她哭著問。他還聽到其他聲音，來自比較遙遠的地方。然後另一個聲音從這片糾纏的混亂中冒出，是維多莉亞的聲音。「我愛你。」她對他說。兩個聲音交疊，回音不絕於耳，是他的母親與妻子一起呼喚他。兩個聲音現在變得好近，以前所未有的力道撞擊他的神智。他想大喊。

他的靈魂再度試圖從冰冷將逝的軀體中抽離，去追尋光明與溫暖。

在這一刻，他意識到自己的自殺行為和自己的恐懼。他重溫每次甦醒的時光。所有的時刻，所有的對話，所有的感覺，都一一重現。每一個都像是銳利的碎片，割傷他的靈魂。

於是，他明白吸引他的溫暖不過是個圈套，在彼端沒有什麼在等他，只有這些埋怨的回聲。這是一場永不止息的紛亂，也即將成為他的地獄。

他嚇壞了，於是嘗試抓住他滑落的深淵壁面。可是他抓不住。他拚命抵抗。他還沒有過第二次機會！他不應該遭受這樣的痛苦！現在他終於明白了！如果不能彌補他的錯誤，讓他知道錯了又有什麼用？這就像亞伯拉罕克里科維奇說的，是他的地獄嗎？不，不可能，因為他正在死亡的過程中！那這場噩夢的意義是什麼？他能再度醒來嗎？他還沒有獲得第二次機會啊！

於是他對著在光裡面的神開口。他請求原諒。是的，他冒犯了祂！沒錯，他傷害了他的父母、妻子與孩子！可是他現在明白了生命的價值！他該如何請求寬恕？要怎麼訴說他的痛苦？要如何表達他想活下去、想重新建構人生、想讓親人幸福的深切願望？他知道家人會原諒他，他們會原諒自殺前的他。但是神呢？

一張撕落的紙上冒出了文字，攻擊著他的神智。混亂的句子撕扯他的記憶。他大聲呼喊。

「神啊，我在呼喊祢，我向上帝懇求。我血流滿地對祢有何好處？一定要置我於死地嗎？難道塵土能向祢致敬、能宣揚祢恆久的恩慈嗎？喔，上帝啊，請祢可憐我吧！」

突然間，他又開始感覺到自己的身體。酒精和藥物的味道又出現在他的舌頭上，他覺得噁心想吐。

他感覺到喉嚨張開想要吐出毒藥，他呼喊著她的名字：「維多莉亞！」

一隻手緊握住他的手。

致謝辭

寫作，就是獨處，但是又要演繹許多角色。

一旦作品完成，就該交由現實生活中的其他人去從中展開歷險。對於這些有能力影響你、建議你、鼓勵你，以及讓你分享生命片段的人，值得你為他們獻上最美的小說。

為了感謝那些率先啟發我寫故事的人，我在小說裡給了他們一個角色。

為了感謝我身邊的親友，我只能寫下這一頁感謝。

以下按照出現順序，我要感謝：

「愛是洪水沖不去、大江淹不沒的。」——《舊約聖經雅歌》

我的妻子吉蓮，我的第一個讀者。

我的孩子索拉、裘納與雅隆，他們是我的第一批書迷。

我的姊姊莎賓娜—賽班，她是我的第一位校稿人，專注又熱情。

我的哥哥布諾，他是位熱心的讀者，有了他分擔我的工作，我才能專心寫作。

「恩惠是仙女惠賜的禮物。沒有恩惠什麼都不成，有了恩惠什麼都難不倒。」——法國童話作家、《灰姑娘》作者查理・佩羅（Charles Perrault, 1628-1703）

潔西卡・尼爾森，多虧了她，我才能接到出版社打來的第一通神奇電話。接著她鼓勵我，給我建議，讓我的夢想成真。

「願意把自己唯一的一件外套給人的詩人，是因為知道要愛他人。」——瑞士作家阿爾貝・科恩（Albert Cohen, 1895-1981）

我的朋友米歇爾・班蘇松、法蘭基・克里奇、布諾・梅爾勒以及山米・特雷斐斯，很多事情都要謝謝他們。

「你是我的家人，我們是同一掛的，臭味相投。」——法國流行音樂教父尚—賈克・高德曼（Jean-Jacques Goldman, 1951-）

以下人士的熱忱、協助以及建言促使我往前行：柯琳·科恩、蘿瑞特·科恩、莉莉安與阿哈娃·科恩、雷米·亞特隆、伊莎貝拉·拜爾、查理·蓋姆拉、阿諾·修利、希樂薇·柯契、迪迪耶·達漢、伯利斯·岡薩雷斯、奧利維·戈蒙、摩伊斯與伊馮娜·哈傑帝、阿蒙汀娜、凡妮莎與法比安·哈佐、凱薩琳·派瑞絲、尚—法蘭斯瓦·皮西翁尼、薇歌妮·席克席克、克莉絲提安娜·斯巴達羽。

國家圖書館出版品預行編目資料

被偷走的人生 / 提耶希・柯恩（Thierry Cohen）著；
林說俐譯. ——初版. ——臺北市：商周出版：家庭
傳媒城邦分公司發行, 2010.01
面； 公分. ——（獨・小說；18）
參考書目：面
譯自：J'aurais préféré vivre
ISBN 978-986-6285-08-0（平裝）

876.57 98023986

獨・小說18

被偷走的人生

原書名 / J'aurais préféré vivre
作者 / 提耶希・柯恩（Thierry Cohen）
譯者 / 林說俐
企畫選書 / 曹繼韋
責任編輯 / 彭子宸

版權 / 林心紅
行銷業務 / 陳昱潔、黃崇華
總編輯 / 黃靖卉
總經理 / 彭之琬
發行人 / 何飛鵬
法律顧問 / 台英國際商務法律事務所 羅明通律師
出版 / 商周出版
台北市104民生東路二段141號9樓
電話：(02) 25007008 傳真：(02)25007759
blog:http://bwp25007008.pixnet.net/blog
E-mail：bwp.service@cite.com.tw
發行 / 英屬蓋曼群島商家庭傳媒股份有限公司 城邦分公司
台北市中山區民生東路二段141號2樓
書虫客服服務專線：02-25007718；25007719
服務時間：週一至週五上午09:30-12:00；下午13:30-17:00
24小時傳真專線：02-25001990；25001991
劃撥帳號：19863813；戶名：書虫股份有限公司
讀者服務信箱：service@readingclub.com.tw
城邦讀書花園：www.cite.com.tw
香港發行所 / 城邦（香港）出版集團有限公司
香港灣仔駱克道193號東超商業中心1樓_ E-mail:hkcite@biznetvigator.com
電話：(852) 25086231 傳真：(852) 25789337
馬新發行所 / 城邦（馬新）出版集團【Cite (M) Sdn. Bhd. (458372U)】
41, Jalan Radin Anum, Bandar Baru Sri Petaling,
57000 Kuala Lumpur, Malaysia
電話：（603）90578822 傳真：（603）90576622

封面設計 / 蔡南昇
排版 / 極翔企業有限公司
印刷 / 韋懋印刷事業有限公司
總經銷 / 高見文化行銷股份有限公司
電話：(02) 26689005 傳真：(02) 26689790 客服專線：0800-055-365

■2010年 1月26日初版
■2015年 6月12日二版2刷
定價260元

Printed in Taiwan

 ISBN 978-986-6285-08-0

Cet ouvrage, publié dans le cadre du Programme d'Aide á la Publication « Hu Pinching »,
bénéficie du soutien de l'Institut Français de Taipei.
本書獲法國在台協會「胡品清出版補助計劃」支持出版

商周出版

廣	告	回	函
北區郵政管理登記證			
北臺字第000791號			
郵資已付，免貼郵票			

104　台北市民生東路二段141號2樓

英屬蓋曼群島商家庭傳媒股份有限公司城邦分公司　收

請沿虛線對摺，謝謝！

商周出版

書號：BUC018X　　書名：被偷走的人生　　編碼：

請於此處用膠水黏貼

商周出版

讀者回函卡

感謝您購買我們出版的書籍！請費心填寫此回函卡，我們將不定期寄上城邦集團最新的出版訊息。

姓名：＿＿＿＿＿＿＿＿＿＿＿＿＿＿＿＿ 性別：☐男 ☐女

生日：西元＿＿＿＿＿＿年＿＿＿＿＿＿月＿＿＿＿＿＿日

地址：＿＿＿＿＿＿＿＿＿＿＿＿＿＿＿＿＿＿＿＿

聯絡電話：＿＿＿＿＿＿＿＿＿＿ 傳真：＿＿＿＿＿＿＿＿＿＿

E-mail ：

學歷：☐ 1. 小學 ☐ 2. 國中 ☐ 3. 高中 ☐ 4. 大學 ☐ 5. 研究所以上

職業：☐ 1. 學生 ☐ 2. 軍公教 ☐ 3. 服務 ☐ 4. 金融 ☐ 5. 製造 ☐ 6. 資訊
☐ 7. 傳播 ☐ 8. 自由業 ☐ 9. 農漁牧 ☐ 10. 家管 ☐ 11. 退休
☐ 12. 其他＿＿＿＿＿＿＿＿＿＿＿＿＿＿＿＿

您從何種方式得知本書消息？

☐ 1. 書店 ☐ 2. 網路 ☐ 3. 報紙 ☐ 4. 雜誌 ☐ 5. 廣播 ☐ 6. 電視
☐ 7. 親友推薦 ☐ 8. 其他＿＿＿＿＿＿＿＿＿＿＿＿

您通常以何種方式購書？

☐ 1. 書店 ☐ 2. 網路 ☐ 3. 傳真訂購 ☐ 4. 郵局劃撥 ☐ 5. 其他＿＿＿＿

您喜歡閱讀那些類別的書籍？

☐ 1. 財經商業 ☐ 2. 自然科學 ☐ 3. 歷史 ☐ 4. 法律 ☐ 5. 文學
☐ 6. 休閒旅遊 ☐ 7. 小說 ☐ 8. 人物傳記 ☐ 9. 生活、勵志 ☐ 10. 其他

對我們的建議：＿＿＿＿＿＿＿＿＿＿＿＿＿＿＿＿＿＿＿＿
＿＿＿＿＿＿＿＿＿＿＿＿＿＿＿＿＿＿＿＿
＿＿＿＿＿＿＿＿＿＿＿＿＿＿＿＿＿＿＿＿

【為提供訂購、行銷、客戶管理或其他合於營業登記項目或章程所定業務之目的，城邦出版人集團（即英屬蓋曼群島商家庭傳媒（股）公司城邦分公司、城邦文化事業（股）公司），於本集團之營運期間及地區內，將以電郵、傳真、電話、簡訊、郵寄或其他公告方式利用您提供之資料（資料類別：C001、C002、C003、C011 等）。利用對象除本集團外，亦可能包括相關服務的協力機構。如您有依個資法第三條或其他需服務之處，得致電本公司客服中心電話 02-25007718 請求協助。相關資料如為非必要項目，不提供亦不影響您的權益。】

1.C001 辨識個人者：如消費者之姓名、地址、電話、電子郵件等資訊。
2.C002 辨識財務者：如信用卡或轉帳帳戶資訊。
3.C003 政府資料中之辨識者：如身分證字號或護照號碼（外國人）。
4.C011 個人描述：如性別、國籍、出生年月日。

請於此處用膠水黏貼